はじまりはクレイジー

隠れイケメン後輩の一途な執愛から逃げられません

森田あひる

アティルノベルス

はじまりはクレイジー
隠れイケメン後輩の一途な執愛から逃げられません

第一章　クレイジーな依頼……6
第二章　増えていく秘密……35
第三章　欲しい関心……57
第四章　切っても切れない……80
第五章　選択の鍵……106
第六章　自覚の瞬間……133
第七章　相応しいのは……156
第八章　遠ざかる……181

第九章　去る者と笑う者…… 212
第十章　安心する場所…… 242
第十一章　明かされた出会い…… 276
第十二章　一緒に過ごす休日…… 310
第十三章　感謝しています…… 329
第十四章　はじまりも今も…… 356
あとがき…… 366

はじまりはクレイジー

隠れイケメン後輩の一途な執愛から逃げられません

第一章　クレイジーな依頼

世の女性達は多忙極まりない。
恋愛したり結婚したり子供を産んだり。
仕事したり家事したり子育てしたり。
誰かの為に、自分の為に。
メイクしてオシャレしてダイエットをする。
そして愛する人に抱かれて幸せを感じていたい。
そんな日々を送るのは。
送るのは……。

「無理っ」

職場のデスクでそう小さく呟くのは、初対面の人間をドキリとさせるほどに綺麗な容姿をしている、一人の女性。健康的で透明感のある肌に、鼻筋が通った顔立ち。緩いウェーブがかかったミディアムヘアをしており、今日はベージュのオフィススーツを上品に着こなしている。

彼女はこの四月に入社六年目を迎えて、忙しくも安定した生活を送っている横井菜月、二十八歳。

十五階建ての自社ビルを持つ菜月の会社〝フロラシオン・ラソ〟は、人々の生活を支える製品、つまり日用品を製造・販売しており、事業分野も幅広い為、毎日のタスク処理に追われている。

至るところで電話の音が鳴り響き、社員があちこちに行き交う慌ただしいオフィスフロア。

その光景を目に映しながら、この目眩を覚える忙しい現実から逃げたい気持ちになっていた菜月は、思わず後ろ向きな息を吐いた。

菜月が所属しているここは営業企画部。つい先ほど、営業部で立案された既存製品の新たな戦略企画書がやってきて、急ぎ実行スケジュールを立てて欲しいと依頼を受けた。

予定外の仕事が急に舞い込んできた事により、菜月の周囲はたった今から戦場と化したのだ。

怒りをぶつけるようにいつにも増してタイピング音が強く聞こえる中、菜月のデスクにやってきたのは、頼れる後輩。

「横井さん」

「桜木（さくらぎ）くん、何？」

「手が空いたので、何か手伝う事ありませんか？」

彼は一年前に他部署から異動してきた桜木湊（みなと）、二十六歳。

仕事を覚えるのも作業するのも早く、臨機応変に動ける湊は菜月と同じ業務を担当する事も多くて、傍から見ると師弟関係のよう。菜月にとっては信頼を置いた数少ない後輩であり、仕事を安心して任せられる良き仲間として接している。

「ありがとう、じゃあこの集計お願いしていい？」

「はい」

菜月に差し出された紙束を受け取った湊は、顔色一つ変えずに返事をすると自分の席へと戻っていった。

　その様子を見て、菜月は小さくため息をつく。そして視線をパソコン画面に戻して作業を再開しながら、湊が異動してきた一年前を思い出す。

『初めまして、桜木湊です』

　黒髪マッシュの重たい前髪が目にかかりそうで、俯（うつむ）きがちの瞳は更に湊の第一印象を暗くさせた。

　それでも背は高く小顔でスタイル良し。毎日着ているスーツやワイシャツには皺（しわ）一つなく、清潔感溢（あふ）れる身だしなみ。一見モテそうなのに、前髪でよく見えない表情と一定のトーンで話す声のせいで、暗く近寄り難いというのが他社員の認識。

　異動をしてきて一年経っても湊が大きく変わる事はなく、菜月は少し心配をしていた。

（私も群れるのは得意じゃないけど……）

　人付き合いが苦手な人はたくさんいるし、無理に自分を変えてまで明るい性格にすることはない。でも、今の環境が湊にとって少しずつ不利になっているのを知ってしまっては、見過ごす事も難しい。

　そう思った原因は、先日の事。

　書類を届ける用事で一つ下の階へ行く為、非常階段の扉を開けた時。姿は見えなかったが、踊り場で女性社員達がしていた話の内容を聞いてしまった。

『桜木さんに提出したデータ、返されたんだけど〜』

『え、何で？』

『一箇所ミスってた。でも漢字の変換間違えただけなのに』

　それは返されるでしょ、と心の中でツッコミを入れる菜月。

　基本的に作成者のデータに他者が手を加える事はしない。ミスが発覚した時に双方で揉（も）めない為である。

『そんくらい桜木さんが直せばいいのに』

『そうよ、優しい男は何も言わずに訂正するもんよね』

　そんな男がいたらルール違反として上に報告してやると思った菜月は、毎日一生懸命仕事をしているのに陰口を言われている後輩の湊を、不憫（ふびん）に思った。

　菜月に聞かれているなんて思いもしない女性社員達は、その陰口を更に悪質なものへと発展させる。

『シルエットは100点だけど、根暗で無口じゃ付き合えないわ』

『あれじゃ友達もいないでしょ』

『絶対童貞だよね』

『やばウケる！』

笑い声が階段に響き、菜月は胸焼けがするように気分を害していた。

それは勤務時間中にこんなところでサボる女性社員達より、真面目に仕事をこなしミスなく処理する湊の方が100倍も会社にとって価値のある存在だから。

下唇を噛み締めるも何もできずにいた菜月はこの後、更に不快な思いをする事になる。

笑い声が止んだと思ったら女性社員達の話はまだまだ続き、今度は菜月を話題にしはじめたのだ。

『横井さんも、桜木さんに何も忠告してくれないし』

『期待しない方がいいよ、横井さんも仕事人間じゃん』

『じゃあ桜木さんは横井派なのね』

ついに自分の陰口を直接聞いてしまったと、菜月は視線を落とす。

仕事を円滑に進める為に、後輩への指示が厳しくなる事はあった。口うるさく指摘する事もあった。だから後輩にあまり好かれていないのは承知していたけれど、こうして直接言葉で聞くと少し凹(へこ)んでしまう。

『仕事できますオーラと、クールビューティー気取ってて腹立つわ』

『あれじゃ結婚できないだろうね』

『でも噂(うわさ)じゃ男、取っ替え引っ替えみたいよ』

身に覚えのない噂の内容に顔を上げた菜月は、沸々と怒りが込み上げてきた。

赤の他人に結婚の心配をされなくても、結婚に向いていない事は自分でもよくわかっている。仕事ばかりしてきた菜月は、いつの間にかアラサーに突入した今、結婚するような相手もいなければ出会う暇もない。

それに取っ替え引っ替えしている時間があったら、睡眠不足解消の為に一日中寝ていたいわ！

バァン！

怒りが頂点に達した菜月は、わざと音を立てて扉を閉め非常階段から出てきた。

その後、女性社員達がどんな反応をしたかはわからないが、階段はもう使えないので仕方なくエレベーターで一つ下の階に下りるしかなかった。

そんな嫌な記憶を思い出し、顔を歪ませながら作業をしていた菜月のもとにやってきたのは、小柄な体格に額を広く光らせた笑顔の部長。

「横井、飲み会の店は決まったか？」

「え？」

「ほら、企画部で発案した商品の売り上げが向上してるから、そのお祝いに飲み会開こうって話になって」

「あ！　すみません、すぐ予約取ります」

「決まったら、全体に共有メールよろしくな」

「……はい」

こっちはイレギュラー業務を進めているのに、週末の飲み会の事なんて考えていられない。

しかし、上司達は飲み会を楽しみにする。

何故なら、世代の違う若者達と唯一話せる機会だから。

実際、若い世代が職場で関わる社員といえば、菜月のような中堅の人間達だから、上司達は飲み会がないと気兼ねなく交流できないらしい。

(若い子達は飲み会開くより、お小遣いと称して現金を振り込んでくれた方が喜びそうだけど)

そんな風に考えていた菜月のもとに今度は、頼まれていたデータ集計を終えた湊がやってくる。

「横井さん、終わりました」

「え、もう？　相変わらず仕事が早いね」

「確認お願いします」

「ありがと、本当助かるわ」

お礼を言って微笑んだ菜月は、湊の持っていた紙束を受け取って作業に戻る。

しかし湊が立ち去ろうとしないので、手を止めた菜月は再度声をかけた。

「どうしたの？」

「まだ何かできる事があるなら、俺やりますけど」

「でもさすがに、続けてお願いするのは悪いよ」

「大丈夫です、できます」

躊躇する菜月だったが、それでも仕事を引き受けると申し出る湊。

重たい前髪から微かに見える瞳は真剣で、その熱意をこれ以上断るのも悪い気がした。

「……じゃあ、業務ではないんだけどお願いしていい？」

「はい」

菜月は週末の飲み会の店選びとその予約を、湊に頼む事にした。

「わかりました。いくつか候補を絞ったら一度、横井さんに確認してもらっていいですか？」

「そうだね、私も目を通したいからそれでお願い」

後輩の言葉に甘えて自分の仕事を任せる事に、申し訳ない気持ちが込み上げる。

パワハラにならないか不安だったが、そんな事は一ミリも思っていない様子の湊が、不意に菜月へ尋ねる。

「横井さんは行くんですか、飲み会」

「うん、残業終わりの参加になるかもだけど。桜木くんは？」

湊から話題を切り出すのも珍しいと思い、正直に答えて同じ質問を投げかける。

きっと飲み会なんて苦手だろうなと勝手なイメージを膨らませていた菜月だったが、予想もしない不思議な答えが返ってきた。

「横井さんが行くなら、行きます」

「そう……へ？」

「失礼します」

そして静かに自席へと戻る湊の背中を見つめたまま固まった菜月は、ハッと我に返る。

湊は社内でもそんなに仲良く話せる相手がいない。

だから菜月がいたら参加しやすいという意味なのに、一瞬深読みした自分が恥ずかしくなった。

(疲れてんだな私……)

今取り掛かっている作業が片付いたら、休憩を取ってコーヒーを飲もう。

眉間をきゅっと摘んだ菜月は、再び手を動かして作業を進めた。

一方、椅子に腰掛けた湊はパソコンで飲み会のお店を検索しながら、視線だけをチラリと菜月に向ける。

その熱い眼差しにも全く気付かずに目の前の業務に奮闘する菜月を、湊は一体どんな気持ちで見つめているのか。

この頃の菜月は知らなかった。

そして週末の飲み会当日がやってきた。

湊のおかげで、宴会メニューのトリを飾る、マルゲリータに定評がある人気店を予約できた。

それを楽しみに本日の業務を頑張っていた菜月だったが、やはり残業が発生してしまった。

飲み屋街の夜道を小走りしながらお店に向かうも、飲み会はあと三十分で終わろうとしている。

(今から行っても多分、飲食する時間ないよね……)

別に自費参加ではないし、無理して店に向かわなくてもいいかと諦め足を止めた菜月の脳裏に、ふと湊の顔が浮かんだ。

（いや、せっかく桜木くんが予約取ってくれた店だし、それに……）

菜月が参加する事を条件に苦手な飲み会へ参加している湊。今頃は一人で誰とも会話せず、肩身の狭い思いをしているかもしれない。

そう思うと、早く行って助けてあげたいという使命感が生まれた。再び走り出した菜月は十分後、ようやく店に到着した。

「……遅くなりました」

「お！　横井さん到着〜！」

同期も先輩も後輩も、何杯飲んだかわからないくらいに陽気になっていて菜月との温度差が生じる。

あと二十分でお開きにはなるが、一杯だけでもと店員にビールを注文して空いている席に座った。

すると目の前にいたのは、顔のみならず広い額まで赤く染まり、有頂天な茹で蛸と化してしまった部長と。

そんな部長にビールを注がれて、グイッと飲み干している湊だった。

「さあさあ桜木、いっぱい飲んでね～」

「はい」

「仕事ぶりは横井から聞いてるよ。君はうちのエースだよ～」

「はい」

「これからもよろしくね～」

そんなに休まず飲んで大丈夫？と湊を心配する一方で、直属の上司である部長にお酌（しゃく）をするのではなく、させている光景に恐怖を覚える。

だいぶお酒が回っていたのか、部長がいつになく上機嫌だった事が何よりの救いであった。

「ちょっと、トイレ行ってくるね～」

「はい部長……」

ゆらりと席を立った部長は、スローペースでお手洗いへと旅立っていくので、菜月は身をのり出し湊に声をかける。

「どのくらい飲んでるの？　大丈夫？」

「……数えてないです」

「それって数えられないくらい、飲んでるって事？」

湊のほんのり赤くなった頬を確認して、言われるまま注がれるまま飲んだのだろうと推測した菜月。

すると重たい前髪が少し乱れて、湊のくっきりとした眉毛に意外と横幅の広い両目が菜月の姿を捉えた。目が合った時、お酒のせいかわからないが色気を帯びて潤う湊の瞳に、一瞬心を奪われる。

こんなに間近ではっきりと湊の顔を見たのは初めてで、菜月は大きく胸が高鳴った。

しかし湊はすぐに額を手のひらで押さえて俯くと、小さな声で言った。

「俺は、大丈夫ですから」

「っ……」

「お待たせしましたー！」

その時、先ほど注文したビールがテーブルに届いた。乾杯もせずに飲みはじめた菜月は、胸が高鳴った事を誤魔化すように一気に半分も胃に流し込んでしまった。

（なんか、ちょっと……）

少しだけ、本当に少しだけ。

湊は異性なんだと、改めて知らされたような気分になった。

「おーい！　二次会行く人は俺に声かけてー！」

「二次会は自腹だぞー！」

後ろのテーブルから、同期でコミュ力の高い男性社員らがみんなにそう呼びかけており、あっという間に飲み会の終了時間となる。

社員達が徐々に店を出ていく中、残り僅かだったビールを飲もうとした湊の手を菜月が咄嗟に止めた。

「桜木くん、無理しなくていいから」

「え？」

「お店出るよ、立てる？」

「あ、はい」

受け答えも歩行も今のところ大丈夫そうな湊に少し安心するも、ちゃんと帰宅できるのかわからなかった菜月は、付き添いながらお店を出る。

すると、少し離れたところから声をかけられた。

「横井は、二次会どうすんのー？」

「え!?」

同期の社員が菜月にそう問いかけると、周りにいた数人の後輩達が表情を曇らせる。

それを見てしまうと菜月は自分が厄介者である事を思い出し、二次会へ行く選択肢は自ずと消え失せる。その背後には、帰り道の方角へとどんどん遠ざかっていく湊の姿があった。

「あ～ごめん今日は帰るわ。お疲れ様！」

そう同期に伝えた菜月は、湊の後ろを静かに追いかけた。

あの場で二次会に行くなんて答えたら、表情を曇らせた後輩達の楽しい雰囲気を壊しそうだったし、何よりどれくらいのお酒を飲んだかわからない湊が無事に帰れるか。先輩として見過ごす訳にはいかなかった。

そうして湊の様子を見ながら尾行していると、人通りが少なくなったところで突然立ち止まった湊が振り向いた。

「横井さん」

「あ……バレてた？」

「はい。どうしてついてくるんですか？」

未だに頬をほんのり赤くし、こちらを見据える湊の顔が街灯に照らされてよく見えた。しかし酔っているせいなのか、自分の状況を理解していない様子の湊に菜月は少しイラッとする。

「どうしてって、心配だから少し様子を見てたのよ！」

「なんで心配を？」

「だって、部長にあんなに飲まされて酔っ払っ……え？」

何だか違和感を覚えた。

しっかりと菜月の目を見て話すし、会話もできている。確かに頬は赤いけれど、具合は悪くはなさそうで、足取りも問題ない。

「俺、別にお酒弱くないんで」

「ええ！　そうなの!?」

てっきり飲み会もお酒も苦手なんだと思い込んでいた菜月が、要らぬ心配をしていただけらしい。

何だか急に恥ずかしくなってきた菜月は、そんなにお酒を飲んでいないのに頬がみるみる赤くなる。

その様子を、湊はしっかりと目に焼き付けていた。

まるで理由を欲しがるようなその視線に居た堪れない気持ちを抱いた菜月は、自分が大きな勘違いをしていた事にようやく気付く。

『横井さんが行くなら行きます』

そうだ。

先日のこの台詞に惑わされて、勝手に飲み会とお酒が苦手と思い込んだ上、菜月がいない間に部長に絡まれ、たくさん飲む羽目になったと心配した。

だから帰り道で倒れてしまうことを恐れて尾行し、何かあったら介抱しようとしていた。

だけど湊は、お酒に弱くはなかった。

当然、泥酔もしていない。

「あー……そう、みたいね～」

「まあ、いつもより気分は上がってますけど」

「え？」

「横井さんが追いかけてきてくれたから」

そう言って近づいてきた高身長の湊に見下ろされ、菜月はつい身構えてしまう。

これは勤務外のせい？　夜道のせい？

それとも、お酒のせい？

そこには菜月の知る、無表情で最低限の会話しかしない湊はいなくて。

代わりに、優しく笑みを浮かべて変な気分にさせる香りを纏（まと）った、一人の異性が立っていた。

「俺ずっと、横井さんに依頼したい事があったんですよ」

「……わ、私に？」

突然切り出してきた湊に怪訝（けげん）な表情をする菜月は、いつもと様子が違う後輩を明らかに警戒していた。

「受けてくれますか？」

「お、お金は貸せないよっ」

受けられない依頼もある事を示しつつ、言ってみなさいと腕を組んでみせた菜月に対して、不敵な笑みを浮かべた湊にまたしても胸の奥がざわついた。

しかしこの時の菜月は想定していなかった。

お金を貸す以外にも、簡単には受けられない依頼がある事を。

「ハハ、お金は借りません」

湊の笑い声を初めて聞いた。

お酒の力で少々陽気になっているとはいえ、こんなにイメージが変わるなんて。

いや、これはもしや表情や態度に出ていないだけで、本当は相当酔っ払っているのでは？

「ねえ桜木くん、やっぱり酔っ……」

その可能性を捨てきれずに声をかける菜月。しかし手を伸ばした時、その手首を突然掴(つか)んで湊は真剣な表情をした。

決して痛くはない力加減だったが、男性に触れられたのが久々で、全身が痺(しび)れるような感覚に襲われる。

「横井さん……」

「っ……」

この雰囲気、このシチュエーション。

まさか……告……。

「俺とセックスしてください」

まるで完了した業務報告をする時のトーンで話す湊に対し、頼れる後輩の口から想像もつかない台詞を耳にした菜月は、最大限に目を見開き顔を硬直させる。

少し離れた場所にある交通量の多い幹線道路。そこを走る車のエンジン音がやけに近く感じるくらいに、恐ろしいほどの静けさが二人を包み込む。

見上げた湊の表情はいつも会社で見る顔ではない。妖しく笑みを浮かべる様子は、絶対にいつもと雰囲気が違う。

お互い向き合ったまま微動だにせず、春の夜風が体を冷やすと、手首を掴まれている菜月は沈黙の中で色々と思考を巡らせた。

そして一つの答えにたどり着く。ジョッキ半分しか飲んでいなくとも、思いのほか酔いが回っていたのは自分の方だったのだ。

てっきり告白でもされるのかと思ったけれど、そうではなかった。その上、酔いのせいで少し卑猥(ひわい)な空耳が聞こえてしまった事を恥じた。

そんな風に答えを出した菜月は、優しく微笑んでもう一度湊に尋ねてみる。

「ごめん、よく聞こえなかったわ」

「俺とセックスしてください」

「……っ」

斜め上をいく、ぶっ飛んだ言葉をもう一度聞く羽目になってしまった。

これはある意味、告白になるのか？　いやこんな告白があるものか。

空耳でもなく言い間違いでもなかった、セからはじまるカタカナ四文字。

職場の先輩に向かって発する言葉ではないし、恋人でもない女性に対して突然言う言葉でもない。

菜月は掴まれていた腕を思い切り振り解いて一歩下がり、湊と距離をとった。

「っに、二回も言わないで！」

「ちゃんと聞こえてたんですね」

一番の衝撃は、真面目で物静かな湊の口からそんな性的な単語が発せられた事。

そのギャップが菜月の顔を、体を、一気に沸騰するように熱くさせた。

「やっぱり酔ってるんでしょ！　今の冗談は聞かなかった事にしてあげるから、早く帰っ」

「酔ってないし、冗談じゃないです」

酔ってもいなくて冗談でもないなら、どうしてそんな依頼ができるのか。

菜月が理解に苦しんで目眩を覚えていると、湊は一歩前に出てその距離を再び詰めた。

「俺いつも横井さんの仕事の依頼、引き受けてますよね」

「そ、それは有難いと思ってるよ」

「だから今度は、横井さんが俺の依頼を受けてください」

徐々に湊の態度が大きくなっているように感じた菜月は、もう一度距離をとると怒りを露(あら)わにする。

「仕事上の依頼とプライベートは別でしょ！」

「じゃあ仕事だと思ったらできますか？」

「はあ!?」

引き下がらない湊を前に、頭がおかしくなりそうになった。

仕事だと思ってセックスするって、人を……女を何だと思ってるんだと呆(あき)れてものも言えなくなる。

働き者だしコンプライアンスも守っていた湊だったが、こんなに非常識で無神経な人間だとは思ってもみなかった。

「……そんなにしたいなら」

「え？」

「今すぐ風俗行きなさい!!」

そう大声を上げ、お店があるであろう繁華街の方角を指差した菜月は湊を思い切り睨んだ。

あんなに信頼して、自分なりに気にかけていた後輩にまで〝男取っ替え引っ替えの噂〟を信じ込まれ、軽視されていたなんて。

怒りが込み上げ、同時に悔しくて悲しくて涙が出そうになるのを必死に耐える。

その様子を見て、湊は小さくため息をついた。

「誤解してます」

「な、何が!!」

「横井さん真面目だから、プライベートでこんな事依頼しても絶対断ると思って」

「当たり前でしょ！」

「だから仕事と割り切ればイケるかなと」

「イケるかーー!!」

真剣に話している湊だったが、その内容はセックスしたいが為の分析。そんなものはただの頭脳の無駄遣いだと菜月は思った。

するとと先ほどまで気分良く笑い声を上げる事もあった湊が、急に寂しそうな表情をした。

「……そんなに俺とするの嫌ですか？」

「いつ嫌とかの問題じゃなくて」

「じゃあ、いつできます？」

「あのねぇ……」

話が噛み合わず呆れたようにため息が漏れた時、警戒心を緩めた菜月の頬に大きな手が添えられたと思ったら。

強引に顔を引き寄せられ、無防備な菜月の唇に湊の柔らかく温かい唇が降ってきた。

「っ……!?」

何をされているかは、すぐに理解できた。

咄嗟に湊の胸板を押し返すもびくともしなくて、唇が重なるだけでは満足できない湊の舌が口内に侵入してくる。

「んっ……んん！」

舌同士が触れ合い、抵抗していた菜月の体がびくんと跳ねる。足から力が抜けていく感覚になり、そのまま湊のスーツにしがみつくしかなかった。

それに気付いた湊は、ゆっくりと菜月の唇を解放する。固く閉ざしていた菜月の瞼(まぶた)が開いて、溶けそうな瞳に湊を映す。

「そんなに良かったんですね、今の」

「っ……!!」

「したくなりました？　セックス」

勝ち誇ったような言い方と、後輩に無理矢理キスをされた事による羞恥で、菜月は肩に掛けていた鞄(かばん)を振り上げて湊の胸に打ち当てた。

「……っクビにしてやる!!」

そんな権限はこれっぽっちも持っていないのに、菜月は今日一番の大声で先輩らしからぬ事を言い放つ。そして怒りを帯びた眼光で湊を睨むと、拒絶するように駅方面へ走り去った。

「……クビ、か」

その場に取り残された湊は、菜月が走り去っていく背中を見つめながら小さな声で呟くと、軽く唇に触れて何かを考える。

そして鞄をぶつけられた箇所をさすり、自宅のある方面へと歩いていった。

一方、ヒールを履いている事すら忘れていた菜月は、現実から逃れるように飲み屋街の夜道を全力で走り抜けていた。

「はぁ、はぁ、はぁ」

角を曲がったところで一旦立ち止まり、髪が乱れたまま膝に手をついて必死に呼吸を整える。

そして震える指先で唇をなぞるように触れると、つい先ほど交わした久々の異性とのキスの場面と、温かくて柔らかい感触を思い出して赤面した。

「なんなのよ、一体……」

戸惑いを隠せない菜月は両手で顔を覆うと、しばらくそこから動けなかった。

こうして二人の関係は、ようやく動き出す事になる。

第二章　増えていく秘密

土日を挟み、今日からまた忙しい日々のはじまりであった。

朝礼前にもかかわらず既に業務に取り掛かっていた菜月は、目の下に隈（くま）を作り疲れた表情を見せている。

そこへ普段通りに出勤してきた湊の姿を見つけると、顔色を変えて心臓が縮まった。

「っ……」

休日は湊との一件により頭がいっぱいで、心も脳も全く休めていない。

そして月曜日になれば絶対に職場で顔を合わせるのに、どんな調子で挨拶するのが良いのか。結局、答えは出てこなかった。

同じ部署で席も近く、共に仕事を担う湊と接する事は避けては通れないというのに。

年上の先輩でありながら心の準備が整っていない菜月は、パソコンを触ったり飲み物を飲んだりと、明らかに落ち着きのない行動をしている。

すると、湊の方から声をかけてきた。

「おはようございます」

「……お、おはよう」

挨拶を交わすと菜月から数えて二席先の自分のデスクに腰を下ろし、パソコンの電源を入れていた。

いつもと変わらない声のトーンと無表情な湊だった事に、身構えていた菜月は拍子抜けすると同時に疑問を抱く。

土日を挟んでいるとはいえ、あんな失礼な出来事があったのに謝罪もなければ、何事もなかったかのような態度。

普通では考えられない。

（……もしかして）

セックス依頼の件もキスの件もお酒による過ちで、今はもう綺麗さっぱり忘れてしまっているのか？

そう思った菜月は、魂が抜けたように脱力してデスクに突っ伏した。

（良かったぁぁぁ！）

やはり湊のあの言動は、相当飲まされて正常ではなかったのだという事にホッとする。

湊が覚えていないのなら、菜月さえ気にしないように振る舞えば全てなかった事にできるから。

瞳を滲（にじ）ませながら胸に手を当てて一安心していると、菜月のもとに部長がやってきた。

「横井おはよう」

「おはようございます部長」

先週末、飲み会の席では部下の湊にお酌をして上機嫌だった部長。しかし今日は眉を下げて、助けを求めるような表情を浮かべている。

「いやぁ急で悪いんだけどね～」

「え？」

嫌な予感。

部長がそんな切り出し方をするのは、大抵面倒な業務をお願いされる時だから。

「一件、資料作って欲しいって依頼がきていて」

「はい……」

「それが明日朝イチで使うから、実質今日中にお願いしたいんだ」

「え!?」

今日の依頼で、今日の提出という事は。通常業務がびっしり埋まっている菜月にとって、それは確実に残業を意味していた。

「悪いね、よろしくな」

「……わかりました」

これも仕事。仕方ない。

でもこの負担と後々にくる疲労は、部長の『悪いね』という言葉だけでは解消されないのを知っている。

「……!」

そうか、湊もそんな思いをずっと抱いていたのかもしれない。

確かに現状、湊は菜月が依頼した仕事をしっかりと行ってくれていたが、菜月が湊の望むお返しをしてきたかというと、「はい」とは言い切れなかった。

（いやいやいや、だからってセックスはダメでしょ！）

菜月のはあくまでも仕事上の必要な依頼であって、それを湊ができる限り引き受ける事は、一社員として当然。

仮に湊のお望み通りの依頼を受けたと想像してみても、その後会社で毎日顔を合わせる事への気まずさまでは考えていないのか？　酔っ払っていたから、後先考えず勢いに任せて口にしてしまっただけなのか？

それともその辺、意外と割り切れる人？

作業をしていた手は、いつの間にか頭を抱えている。菜月が結論を出せないまま唸（うな）っていると、あっという間に朝礼の時間がきてしまった。

ひと時の解放感に喜ぶ社員達で賑（にぎ）わう、昼休みの食堂。菜月は本日イチ押しの唐揚げ定食をトレーにのせ、それを両手でしっかり持ちながら、誰かを探すようにウロウロしていた。

そして窓側で一人昼食を取っている馴染みの後ろ姿を見つけると、声をかけて隣に座る。

「おまたせ、恵」

「おつ～」

この女性は、広告宣伝部の中谷恵。今日も今日とてラメが輝く目元と艶めく唇。春らしいライトグリーンのお洒落なスーツに、デジタルパーマを後ろでまとめる髪がまた色っぽい。

同性から見ても美人でスタイル抜群なところは憧れる。

「え～月曜から残業確定？」

「うん、私は頼みやすいんだろうね、部長も」

「相変わらず社畜やってんね～」

菜月の同期で同い年でもある恵は、入社当初から付き合いのある良き相談相手。

しかし菜月と少しズレているところもあり、参考にならない事もしばしば。

だから先週の出来事を相談してみても。

「え！　後輩にそんな事言われたの!?」

「酔ってたとはいえ、失礼極まりな……」

「やったじゃん菜月！」

「……は？」

箸で摘んでいた唐揚げを皿に落としてしまった菜月の顔が、無になる。

やはりそうきたか。

内緒にする事もできたけれど、自分じゃ手に負えなくて。こんな相談内容を話せるのは、恵しかいなかった。

でも返ってきた言葉が『やったじゃん』だった事に、無言で白米を頬張る菜月。

「だって菜月、入社してから彼氏できてないし、そっちはご無沙汰でしょ」

「私は両立できない性格なの！」

「どんなに仕事頑張っても、会社は菜月を慰めてはくれないよ」

そんな事はわかっている。

でも正直、仕事と自分本位のタスクで埋め尽くされている人生に、今更恋人ができても詰め込むスペースがない。

自分のタスクを削るか、仕事の負担を抑えるか。

それをバランス良く保てている恵は、仕事もプライベートも充実させていて羨ましい。

「どうせ恵と違って私は不器用ですよー」

「私はたくさんの男と遊んで楽しく人生過ごせたら、それで良しなの」

「はぁ、男取っ替え引っ替えは恵なのに～」

自分について回る嘘の噂を譲りたいくらいに、恵はたくさんの男性と関係を持っている。しかしながら異性関係でトラブルを起こす事もなく、日々自信に満ち溢れ艶やかでいられるのは、そのおかげなんだろうなとも菜月は考えていた。

「でもさ、その後輩くんは菜月を性的に見てるって証拠よね」

「それは……違うと思う」

「なんで？」

「だって……」

異動してきて一年経つ湊だったが、菜月への態度はずっと変動なしで、そんな好意的なアピールを受けた記憶はない。

業務はずっと快く引き受けてくれていたし、自ら手伝いを買って出る事もあったのに。

突然、セックスして欲しいという私的な依頼。

ギブアンドテイクのレベルが違いすぎて、何か他に裏があるのではないかと思ってしまう。

それとも湊にとってセックスとは、与えられた業務を卒なくこなす仕事と同じで。執着せず、愛情も未練も抱かない、その程度の気の持ちようでできてしまう事なんだろうか。

「一年間、何のフラグも立ってないから」

「そう？　まあセックスだけで、今後も仕事引き受けてくれるなら楽じゃん」

「……はあ、価値観が違いすぎる」

色んな男性と経験すると、そういう感覚になってしまうの？

そんな生き方をしてこなかった菜月にとっては、好きでもない人とそういった行為をする事自体、抵抗があるというのに。

そしてもう一つ、菜月には気がかりな事が。

「勝手に聞こえてきた噂だけど、その後輩……」

「え、なになに？」

「……いや、何でもない」

湊が童貞だという噂。

そんな確証のない事を恵に話したら、噂話をして笑っていた女性社員達と同じになってしまう気がして、口を閉ざした。

噂は所詮、噂。決して信じている訳ではないけれど。

もしも本当に湊が未経験なら、貴重な初めての相手が自分で良いのだろうかと、ますます依頼を受ける訳にはいかなくなる。

初めては、やはり好きな人とするべきだと思うから。

それとも、そんな純情的思考を彼は持ち合わせていないのか……。

「後輩くん、恋人は面倒だからセフレ探してたとか？」

「うーん……そういうタイプでもないんだよなぁ」

だから余計に湊がわからない。

そう話していた時、先週の別れ際に無理矢理されたキスを思い出した菜月は、頬を赤くして言葉を詰まらせた。

外見は確かに、女好きとか女遊びをするようなタイプではない。どちらかというと奥手で、女性は苦手だという方がしっくりくる。

でもあのキスは。

初めてではないような触れ方だったから。

(え、キスだけは経験済み？)

「いずれにしても、後輩くんの事が嫌いじゃないなら依頼受けてあげなよ」

「あのね、嫌いじゃないけど、それとこれとは」

「セフレゲットかもしれないじゃん。菜月も少しは遊んだ方がいいよ。枯れちゃうよ～」

「……むかつく」

笑いながら水を飲んで体内を潤す恵を見て、やはり真面目に扱ってもらえなかったと口をへの字にして食事を再開する菜月。

人付き合いが苦手だから関わる数が少ないけれど、こうも周りにいる人間が性に対して自由奔放だと、自分の頭が固すぎるのかと思ってしまう。

でもきっと、菜月が湊とこの件について会話する事はもうない。

湊は記憶がなくて覚えていないようだし。このまま話題には触れず、なるべく関わりを持たないように過ごしていればその内、菜月も忘れていくだろうと思っていたから。

終業時間まで二時間を切った頃、菜月は本日追加された業務の他に、普段の作業も完了しないまま時間が押しており焦っていた。

僅かな望みをかけて、近くの席で仕事をする入社二年目の後輩二人にこそっと話しかけてみる。

「山田さん、悪いんだけどこの資料手伝っ」

「今こっちの企画書作ってるんで、無理でーす」

「松野くんは……」

「俺も今日中の案件あるんで」

「……だよね」

みんな忙しいのは承知の上。

でも君達、忙しいけど定時には帰れるように計算してるの、知ってんだぞ。

心の中でそう話しかけた菜月は、このままでは終電コース決定。

いや、終電さえも間に合わないかもしれない。

そこへ離席していた湊が戻ってきて着席するも、菜月は俯いて気付かないふりをする。

こんな時いつもなら湊に手伝ってもらう事が多かったが、先週の件を意識して話しかける事自体を躊躇していた。

それに、心の奥で借りを返して欲しいと思っている人に、自分の抱える仕事はもう気楽に頼めない。

(桜木くんに甘えていたツケが回ってきたんだよね、きっと)

徐々に周りの雑音が遠くなっていく菜月は、昼休みに恵が言っていた言葉を思い出した。

『どんなに仕事頑張っても、会社は菜月を慰めてはくれないよ』

会社の為に働いても、お給料として通帳に反映されるだけ。優しく抱き締めて、疲弊(ひへい)し切った心を癒やしてはくれないのだ。

何の為にこんな一生懸命、時間に追われて残業してまで働くんだろう。

六年間、真面目に尽くしてきた自分を可哀想に思い、表情を曇らせると大きなため息を漏らした。

その様子を自席から静かに眺めていた湊も、顔色一つ変えずにパソコン画面へと目を向けて作業を再開する。

部署内の終礼を終え、多くの社員は疲れを感じない余裕の表情を浮かべて退勤していく。

「横井さんお疲れ様です」

「お疲れ様」

そんな中、未だに作業を続ける菜月はフロアを出ていく社員に声をかけながらも、手を休める事はなかった。

週はじめの月曜日から残業する社員なんてほとんどいない企画部なので、日中は賑やかで活気溢れるオフィスフロアも、今や一人きり。

カタカタカタカタ……。

菜月の奏でるタイピング音だけがＢＧＭのように響き渡った。

不思議なもので、残業中は周りが静かで気が散らないせいか集中力が増す。

パソコン画面を見て、手元の書類を見て。

目線はその往復を繰り返すばかりで、他には意識が向いていなかった。

だから、その気配にも気付く事ができなかったのだ。

「まだ仕事してるんですか？」

「うわっ!?」

誰もいないはずなのに背後から突然声をかけられた菜月は、心臓が止まってしまいそうな衝撃を受けて振り向いた。

するとそこには、ずっと前に退勤したはずの湊が立っていた。口元にタンブラーを添えながら、菜月のパソコン画面を見つめている。

「桜木くん!?　帰ったんじゃ……」

「退勤はしましたけど、戻ってきました」

「な、んで……？」

状況が飲み込めず目を丸くして湊を見ていると、徐々に胸の鼓動が速まっていくのがわかった。

菜月のデスクに置かれた書類とパソコン画面を交互に確認した湊は、近くのオフィスチェアを引き寄せると菜月の隣に腰を下ろす。

そして書類を手に取り、目を通しながら何食わぬ顔で口を開いた。

「俺が数字言っていくんで、横井さんは入力していってください」

「ちょ、いいから桜木くん帰って」

菜月が困ったように断ると、湊は書類に向けていた目線をゆっくりと菜月へ移した。

「手伝います」

「だ、ダメ！　桜木くん退勤してるのに、サービス残業なんてさせたら私が……」

今日初めてまともに湊の目を見て話した事で、ハッと我に返る。菜月は少し頬を染めると、誤魔化すように前を向き直して作業をしながら「部長に、怒られる……」と口を尖(とが)らせて呟いた。

湊が手伝ってくれる事は、今の菜月にとって本当に有難いし助かるし、とても嬉(うれ)しい。

だけど自分は今回、先週の出来事を気にしすぎて、私的な感情で湊を頼らなかった。今更助けてもらうなんて、都合が良すぎる。

そうして黙ってしまった菜月を隣で眺める湊は、こめかみをかいて少し困った表情を浮かべる。

決まり事に対して遵守（じゅんしゅ）というか、頑固というか。

一人で抱えて無理をして。そんな菜月である事をこの一年で理解していた湊だから、こうして戻ってきたのに。

「じゃあ何で業務中に、仕事ふってくれなかったんですか」

「それは……一人でできるから」

「俺の事、避けてましたよね」

「っ!!」

バレていた。

なんとなく意識をして遠ざけていたのは事実だけれど、先週の一件を考えたら避けるのも当然だろう。

しかしその記憶がない湊にとっては、突然菜月の態度が変わった事を不審に思うのも無理はない……と思っていた。

「セックス依頼したの、怒ってるんですか」

「覚えてんじゃん!!」

「それとも無理矢理キスした事ですか」

「どっちもだよっ!!」

つい感情的になり大声で返答した菜月は、頭を抱えてデスクに肘(ひじ)をつくと、怒りと困惑で冷静さを失った。

てっきり覚えていないと思って接していたけれど、記憶が残っているなら話は別。これは尚更とっとと帰ってもらわねばと、目の色を変えた菜月は湊の持っている書類を奪い返した。

「仕事任せて、また変な依頼されても困るし。残業は上手く配分できなかった私のミスだから、桜木くんは早く帰りなさい」

書類を元あったデスクに戻して作業を再開する菜月は、不機嫌そうにパソコン画面を見つめている。

記憶があるなら、何故今もまだ謝罪の言葉がないのか。

断りもなくキスまでしたのに、どうして平然としていられるのか。

真面目で信頼していたはずの湊の事が理解できなくて、こうしている間も軽視されていると思うと、菜月は胸が苦しくなった。

その気持ちに連動して顔にも苦悩の表情が浮かんだ時、菜月の座っていた椅子が横にスライドしてパソコンから遠ざかった。

「え、桜木くん!?」

入れ替わりでパソコン前に移動した湊は、菜月のパソコンを使って作業の続きを勝手にはじめる。

「少し休んでてください」

「ちょ、他人のデータに手を加えたらダメな事、知ってるでしょ！」

「これは、資料の作成が終わるかどうかの一大事です。それに、休憩も取らずに仕事続けている方がダメだと思います」

「うっ！」

恵と過ごした昼休み以降、休憩なしで仕事をしていた菜月は正直、座りっぱなしのお尻も開きっぱなしの瞳も悲鳴を上げている。

それでも今日中に終わらせないと、と奮闘していた姿を陰ながら見ていた湊は、菜月の体と心の疲労を心配していたのだ。

何も言い返せなくなった菜月は、自分のパソコンで黙々と作業を進める湊を見つめる。

ほど良く彫りが深くて凹凸(おうとつ)のハッキリした、男性的で美しい横顔に気付き、つい観察してしまった。

(あ、意外とまつ毛が長いんだ)

すると突然、菜月の方に目を向けた湊とバッチリ目が合って、慌てて不自然に顔を背ける。

「俺はもう退勤してるんで、データは全部横井さんが作ったって事で話合わせてください」

「……はい、どうもありがとう……」

何はともあれ、助けてもらった事には変わりはない。気まずく後ろめたい気持ちもあるけれど、お礼の言葉を伝える菜月。

ほんのり頬を赤らめて俯く菜月に、つい嬉しさが込み上げた湊はニヤけそうになるのを咳(せき)払いで誤魔化す。

「今日の事は、俺と横井さんだけの秘密ですね」

そう言って軽く微笑んだ湊は、先週のお酒を摂取していた時と雰囲気が似ていて、菜月の心臓をキュッと鳴らす。

あの時のキスを思い出させるような微笑みと声。ふと蘇（よみがえ）った記憶でついに耐え切れなくなった菜月は、何の前触れもなしに素早く立ち上がった。

「のの飲み物！　買ってくるわ！」

そうして湊の反応を見ないまま、バタバタと慌ただしくフロアを出ていった菜月。息を切らしながら自動販売機の前まで走ってくると、壁に手をついて呼吸を整える。

心臓はバクバクと大きな音を立てて、頬に触れると火照っているのがすぐわかる。

先週の事を覚えていても、普段と変わらない態度の湊。そう思いきや、不意に色気を帯びる、積極的な湊にも変化する。

そんな後輩を勝手に意識してテンパっている自分は、年上で先輩なのに余裕がなくて恥ずかしい。

おまけに退勤しているにもかかわらず、また仕事上で助けてもらって。一体どう恩返ししたら良いのやら。

「え、もうセックスするしかない？」

急に青ざめて呟いた後、思い切り首を横に振り正常な思考に戻ろうとする。

恋愛感情もない、恋人でもない職場の後輩とそんな事できる訳がない。

それに最後にしたのがいつかも思い出せない菜月は、セックスそのものに不安を抱いていて、色々と問題は山積みだった。

もっと性に対して寛容で割り切れる、恵のような女性に依頼すれば良かったのに。

色事からすっかり離れてしまった自分が相手になるよりは、その方が湊もたっぷり満足できると思うから。

「……って、何で私がそんな事まで考えてるのよ！」

自動販売機の前でしゃがみ込んだ菜月は、気持ちを落ち着かせるまでしばらくそこから動けずにいた。

第三章　欲しい関心

缶コーヒーを二つ持って戻ってきた菜月は、自分のパソコンを使って作業をしていた湊の目の前に、その一つを差し出した。

「ど、どうぞっ」

「……ありがとうございます」

お礼を言って受け取った缶コーヒーをすぐに開けクイっと飲んでいる湊を、隣の椅子に腰掛けて黙って眺める菜月。

顎から喉仏にかけてのラインも、首筋から耳元にかけての胸鎖乳突筋も絵画のように美しく、色気も併せ持っていて……。

(はっ！　違う違う！)

見惚(みほ)れてしまった事を反省して大きく首を横に振った菜月は、パソコン画面を確認して驚いた。

「え、もうこんなに進んだの……？」

「はい」

飲み物を買いにいっていた少しの時間で、大幅に作業が進んでいた。

もしかするとこのままのペースでいけば、終電に間に合うかもしれない。

それにしても……。

「どうしてそんなに作業が早いの？」

「以前この手の依頼を受けた時に使ったフォーマットが、まだ自分のフォルダに残っていたので応用しました」

「そ、そう……だったんだ」

それを聞いて少しずつ表情が曇っていく菜月。

自分がもっと割り切れる人間だったら。いつも通り湊に依頼できていたら。確実に勤務時間内に仕上げてくれただろう。

後輩なのにサービス残業までさせてしまって、先輩として不甲斐(ふがい)ない上にカッコ悪い。

効率も悪い。後輩に好かれていない。湊より精神的に劣る。元々そこまで価値のある人間じゃなかったのだと思い知らされて、自暴自棄になった。

「あとはここに数字を入れて……」

パソコン画面を指差しながら説明をしていた湊に対して、俯く菜月は未開封の缶コーヒーを強く握り締めたまま動かない。

「横井さん？」

「……どうしたら、いい？」

「え？」

何か思い詰めているような菜月の様子に、湊もただ次の言葉を待つしかない。

目線を落としたままゆっくりと顔を上げた菜月は、頬を赤く染めて唇を噛んでいた。

「今日のお礼、缶コーヒーだけじゃ全然足りなくなった……」

期待以上の働きをしてくれている湊への感謝を、缶コーヒーだけで済ませる事はもうできない。

何かもっと、湊が強く望む事をしてあげないと自分の気がおさまらないほどに、全てにおいて完敗だった。

そんな菜月の弱々しい声を聞いて静かに息を吐いた湊は、パソコン画面を見つめたまま口を開く。

「依頼、受ける覚悟できたんですか？」

「か、覚悟なんてできる訳ないでしょ」

「深く考えないで。お互いに気持ちいい事するだけですから」

「そんな風に！」

〝行為〟を連想させるような言葉を聞いてカッとなり、思わず視線を湊に向ける。しかし顔色一つ変えずに作業を進める横顔を見て、菜月はまたしても惨めな気持ちになり顔を背けた。

「……言わないで」

今にも消えてしまいそうな声を何とか絞り出しながら、先週からずっと動揺するのは自分だけであると理解している。

だから先輩として情けない顔は見られたくなかったのに、頬に帯びていた熱が一気に顔全体に広がって、耳までも赤くした。

アラサーにもかかわらず思春期のような反応をしてしまった菜月は、その反応がますます湊をその気にさせる事に気付いていない。

「あと十五分で終わらせます」

「……う、うん」

「その後は俺に付き合ってもらいますから」

湊の言葉は、この残業が終われば依頼を実行するという事を意味していた。

結局、湊も恵と同じく〝割り切れる人間〟だった事がハッキリわかって落胆する。

「……わかった」

しかしその価値観の大きな差が、徐々に菜月を冷静にして覚悟を確立させていった。

そう、割り切ればいい。

もう大人なのだから。湊がそうであるように、立場や秩序を保ちながら欲を満たす。

そこに情愛も純真も存在しない事は、湊にとって何の問題もないのだから。

（これ以上、軽視されない為にも……）

狼狽える事がないように、自尊心だけは失わないように。

そうしていれば、自然と心と体を引き離せる。

決心した菜月は強く握っていた缶コーヒーを開けようとするも、何故か手に力が入らなくてカツンカツンと指先を滑らせる。

そこへスッと伸びてきた骨ばった手が缶コーヒーを奪っていくと、湊が簡単に飲み口を開けて菜月の手元に戻した。

「緊張してますか？」

「ちっ違う……！」

余裕が有り余っている湊の表情を見て、どんどん嫌いになっていく。

職場の後輩としては頼れても、今後は会社を出たら一切関わらないと誓った。

菜月をそうさせたのは、今までの信頼を壊してきたのは、他でもない湊なのだから。

会社のエントランスを出て、並んで歩く二人。しかしその間には一定の距離が空き、終始無言が続いていた。

湊の宣言通り十五分後に仕事が片付いたので、今駅に真っ直ぐ向かえば余裕で終電に間に合うのに。

「シティホテルとラブホテル、どっちがいいですか？」

「……っ」

湊の問いかけは耳に届いているはずが、菜月は鞄の持ち手を強く握り締めて硬い表情のまま、何も答えようとしない。

そんな様子に少しだけ理解を示した湊が、もう一つの選択肢を追加する。

「俺の家、行きます？」

「え!?」

ようやく反応をみせた菜月は、タクシーを止めようと手を挙げた湊の腕を無理矢理下げる。

「家は絶対ダメ！」

「え、なんで……」

「この近辺なら、どこでもいいから……」

「……そうですか」

湊の家なんてお邪魔したら、住んでいる場所や家の外観、部屋の雰囲気などが、知りたくもないのに視界に入ってきてしまう。

菜月の頭の中には、早く済ませて恩を返す事。そして後腐れなく湊との関係を断つ事しかなかった。

ガシッ！

「っ!?」

すると突然、菜月の手首を掴んだ湊は何となく不機嫌そうに無言で歩き出すと、強引にその体を引っ張っていく。

小走りでついていくのがやっとの菜月。

本当は掴まれている手首が少しだけ痛いけれど、何も言わずにやり過ごした。会社を出てからの全てを、先週湊に言われた通り〝仕事〟と思って我慢する事にしていたから。

会社から少し歩いたところにある、十二階建てのシティホテルに入っていく湊と菜月。

天井の高いロビーを過ぎると、横長のカウンターに二名のフロントスタッフが待ち構えており、湊がチェックインの手続きを行う。

少し離れたところで待つ無言の菜月は、その光景を悪夢でも見ているような心持ちで眺めるだけだった。

部屋のカードキーを受け取ってエレベーターに乗り込んだ時も、二人の間に会話はない。そんな空気のまま十階のスタンダードな部屋に到着すると、先にドアを開けた湊は電気をつけて奥へと進む。

その後ろから暗い表情で部屋に入る菜月は、後戻りのできないところまできた事を実感して俯いた。

背後でバタンと閉まったドアの音が、やけに耳に響く。

まるで逃げ道を塞がれ、身も心も閉じ込められた気分になった。

ゆっくりと奥へ進んでいくと、大きな窓から見える夜景にクイーンサイズのベッド。

その近くで屈んでいた湊は、備え付けの冷蔵庫を開けて飲み物を物色していた。

「お酒ありますけど、飲みますか？」

「……いらない」

「支払いは俺が全部しますから、遠慮なく」

英字のラベルがついたガラス瓶のお酒を開封し、それを直に飲んでいる湊は部屋に着いても平然としている。寧ろ、場慣れしているみたいに余裕すら感じられた。

毎回そうやって、冷蔵庫内のお酒を物色するように遊ぶ女を選んでいるのか。

だとしたら、自分はハズレだろう。

十階から見える夜景はそこそこ綺麗で、できればもっとゆっくり時間を取って眺めていたかった。

しかし、カーテンを乱暴に閉めて鞄をテーブルに置いた菜月は、スーツの上着を椅子の背もたれにかけて冷たく言い放った。

「さっさと済ませよう。明日も仕事だから」

「え……」

面倒そうに言われた事に視線を落とした湊は、また不機嫌な様子でお酒を口に含むと、突然菜月の体を引き寄せて……。

口移しで、菜月の体にそれを流し込む。

「っ……!?」

ゴクンと飲み込んだ後、喉から胃にかけて強めの炭酸が勢い良く流れていき、体の中がビックリしていた。

無理矢理お酒を飲まされた事で咳き込んだ菜月は、胸を押さえながら少し涙を浮かべている。

「ゲホッ、な、にすんのよ！」

「少し飲んだ方が、感度が増しますから」

「勝手にっ……!?」

今度は言葉を遮(さえぎ)るように口付けると、互いの息遣いと舌の絡まる音が部屋に響き渡る。

先週よりも深く長いキスは、あんなに冷めていた菜月の心と体を、意思とは反対に少しずつ熱くさせて鼓動を速めていく。

更に先ほど飲まされたお酒の酔いが徐々に体の動きを鈍らせ、ついに足元がふらついた菜月はベッドに座り込んでしまった。

その時やっと重なる唇が離れたので、急いで呼吸を整えるが。

「っ……はぁ……」

長湯をした時のように頭がボーッとする。

胸が苦しく、体の芯が焼けるように熱い。

今までにないシチュエーションが、菜月を過敏に、そして本能的にしていく。

すると、スーツの上着を脱いで首元のネクタイを緩めた湊が、まだ呼吸を整え終えていない菜月をベッドに押し倒した。

「さ、桜木くんちょっと、先にシャワー」

「少しは楽しそうにしてくださいよ」

「はあ？」

この状況と菜月の心情を考えれば、楽しそうになんて無理に決まっている。

何を言い出すのかと呆れた顔で菜月が睨むと、眉間にシワを寄せて苦悩の表情を浮かべる湊に見下ろされていた。

「ここまできても、本当に関心ないんですね」

「……何を、言ってるの？」

弱々しい声に混じり哀しい感情が伝わってきた菜月は、何故湊がそんな顔をするのかわからなかった。

今この場にいる不本意な状況に置かれた被害者は、明らかに自分だと思っていたから。

職場の後輩に意味不明な依頼をされて、気持ちを無視したセックスをする事になった菜月が、一番可哀想な人間だと。

「依頼を口実に、ようやく誘えたのに」

「あ、あの……」

「ホテルは近辺ならどこでもいいとか、早く済ませろとか」

そう言いながら菜月の首筋に唇を落とし舌を滑らせると、菜月の体がびくりと跳ねた。

「全然、心動かないし」

「っ……待って、ねぇ！」

スイッチが入ったように止まらない湊の肩を押さえて抵抗しようにも、熱の籠った隙のない口付けに力が入らない。

そして頭の中では、大きな誤解をしていたのかもしれないと混乱が生じていた。

しかし今更もう、冷静な話ができる雰囲気ではない。

「今日は、俺が男である事を知ってもらいますから」

そう宣言していつも重たく目元にかかっていた前髪をかき上げると、湊の顔がはっきりと現れる。

鼻筋が通った、端整な顔立ち。大きな黒目と切れ長な瞳は、今まで隠していたのが勿体ないくらいに魅力的で男前だ。

それを更に引き立てたのは、ネクタイとワイシャツを脱ぎ捨てて露わになった上半身。

職場の湊からは想像もできないような、ほど良く引き締まった腹筋と胸板が性的な色気を纏っていた。

「……っ」

きっとお酒のせい。過敏になっているせいと思い込もうとしながらも、また見惚れてしまって赤面した菜月は、顔を逸らして固く目を閉じた。

いとも簡単に衣服を脱がされ、口元に手の甲を押し当てる菜月は声を漏らさないようにしていた。

それでも容赦のない湊の愛撫（あいぶ）が、首筋から鎖骨、胸へとゆっくりじっくり移動していく。

それは欲を満たす為だけではなく一つ一つを大切に、菜月の反応を確かめながら優しく丁寧に味わっているようで。

「声、我慢しなくていいですよ。ただ壁が薄いだろうから……」

すると突然湊の指が一番過敏となった場所に触れてきて、反射的に声を上げてしまった。

「あっ！」

「大きな声は、隣の部屋に聞こえるかも」

「んっ……」

「個人的には、もう少し聞かせて欲しいですけど」

再び口を押さえた菜月は、声を上げさせようとわざと触れたと思われる湊に涙目を向けてキッと睨んだ。

「でも安心しました、ちゃんと感じてくれてるんですね……」

「っ!!」

濡れていた事が確認できて意地悪そうに微笑んだ湊に対し、菜月は羞恥を通り越して憎悪を覚えるも、自分でも体が疼いている事には気付いていた。

湊本位のセックスになるだろうと思いきや、意外と菜月のペースに合わせてくれている事。

根暗で無口で童貞と噂されていた湊が端整な顔立ちをしており、この状況でもよく話し、菜月と体を重ねて欲情している様。

これらは男性に抱かれるのが久々の菜月を興奮させるには、充分な材料だった。

「横井さん。もう、いいですか？」

「聞かないで……早く……」

許可を取ろうとした湊は、逆に急かされるような言葉が返ってきた事に驚きつつも、内心喜びを感じていた。

持参の避妊具を口で開封して準備を整えた湊が、その熱を一点にピタリと密着させて菜月に目を配る。

「苦しかったら、言ってください……」

「んっ、あ……」

異物の侵入は充分濡れていた事で簡単に許してしまい、久々とは思えないほどに奥まで到達した。

すると突然湊の胸に手を当てた菜月は、震える声と一筋の涙を流して訴える。

「ま、まだ……動かないで」

「え？」

「……お願い」

仕事を受ける時、菜月がいつも湊にかけてくる『お願い』という言葉が、湊の脳裏に浮かぶ。

でも今は、同じ言葉なのに状況も意味も全く違う。

こんなに艶（なま）めかしい表情で情欲をかき立てるお願いをされたのは、初めてだった。

「……今のは、反則ですよ」

そんな風に言われて待てるほど、精神を鍛えられてはいない。

しかし、包み込まれたばかりの湊は菜月の『お願い』に少しでも応えようと、その体をギュッと抱き締め唇にキスを落とした。

まるで世界一愛おしいと思う恋人を扱うように、優しく。


「ん……」

どれくらいの時間が経ったのかわからない。

しかし外はまだ深夜のように静まり返っていたので、恐らく少しの間眠ってしまっていただけだろう。

体も脳もふわふわ浮いているような感覚の中で目覚めた菜月は、ベッドで仰向けになり天井を見つめる。

放心状態から徐々に平常心を取り戻していくと、やはり後悔の念が押し寄せてきた。

(やってしまった……職場の後輩と……)

青ざめながら横を向くと、静かに寝息を立てて菜月に寄り添うように眠る湊の顔。

無防備なその姿も、先ほどまでは快楽に溺れて雄を剥き出しにしていた事を思い出すと、菜月の胸はドクンと音を鳴らし、顔は赤くなる。

（ダメダメ！　これっきりなんだから！）

湊に気付かれないようにゆっくりと上体を起こした菜月が、ベッドから下りる為素足を床につけた時。

背中に肌の感触と温もりを感じて動きを止めると、後ろから湊に優しく抱き締められていた。

「……どこ行くんですか」

耳元で聞こえた寝起きの掠（かす）れ声がくすぐったくて鼓動が高まると、首筋に湊の唇が触れてきて不意に声が漏れる。

「あっ……ちょっと！」

「もう少し一緒に寝ましょうよ」

「一度家に帰らないと。明日……今日も仕事なんだからっ」

欲に溺れている間に日付は変わり、数時間後の朝がやってきたら再び出勤しなくてはいけない。

振り返る事なく湊の腕からするりと抜けた菜月は、床に散乱していた下着を拾い集め身に着けていく。

それを名残惜しそうに見つめる湊は、再びベッドに不貞寝(ふてね)した。

「まだ夜中の二時ですけど」

「もう二時よ。寝ずにすぐ帰るつもりだったのに……」

「俺は、朝まで一緒にいるつもりでした」

少し不服そうに言う湊の言葉を聞いて、ブラウスに腕を通した菜月は一瞬動きを止めるも、すぐにボタンを留めはじめる。

「そこまでの依頼はされてない」

「……そうですね」

「大丈夫だとは思うけど、誰にも」

「言いませんよ、三回もやったなんて」

「桜木くん‼」

「わかっています……今日の事は誰にも言いません」

また不機嫌そうな声で答える湊は、興ざめしたように起き上がる。

そして菜月に背を向けたまま下着を穿(は)くと、冷蔵庫を開けてペットボトルの水を取り出し飲んでいた。

どうして機嫌を損ねるのか。

結局、湊はこんな事をして何を得たんだろうか。

聞きたい事、話したい事はたくさんあるが、今はそんな気分にもなれず自分の気持ちを整理する事で精一杯だった。

「……じゃ、また会社で」

「……はい」

退室の準備ができた菜月は湊の背中に声をかけるも、一言返事があっただけで顔を向けてくれない。

どうするべきなのかわからず、困り果てたため息だけを残して、菜月は静かに部屋を後にした。

独り部屋に残された湊は、寂しさと悔しさが一気に押し寄せてきてベッドに腰掛ける。

「……最低だな、俺は」

額を押さえて俯き、そんな風に呟いた。

常識ではありえない依頼が菜月に受理され、ついに望み通りの結果を迎える事ができたのに。湊の心は未だモヤがかかったままである。

やり方を間違えている事は、理解していた。

僅かな望みをかけて今日という日が実現されたが、それでも菜月の気持ちは揺るがなかったから。

きっともうどうする事もできないのだと、湊にとっては力不足を思い知らされた一夜となった。


一方、ホテルを出た菜月はすぐにタクシーを拾い、自宅に向かっていた。

車内でぼーっと景色を眺めつつ、頭の中に残るのは湊の柔らかい声、火照った体、そして不意に見せる微笑んだ顔。

「……っ」

全てが鮮明に思い出され、瞬時に頬が熱くなる。早く忘れなければ、必ず仕事に支障が出る。

しかし、時折り感じた優しい指先や温かい視線は、心の奥底に秘めておきたいとも思うようになった。

それに。

『依頼を口実に、ようやく誘えた』

『俺が男である事を知ってもらいますから』

体温が上昇する体と意識の中で言われた台詞が、今になって気がかりとなる。

あの時発した湊の言葉には、一体どんな意味が込められていたのか。

憶測だけではまた恥をかくかもしれない。

菜月は深読みしない事を心がけるも、胸がざわつき必然的に湊の事を考えてしまっていた。

第四章　切っても切れない

普段は余裕を持って出勤する菜月も、さすがに今日はエレベーターが一番混雑する時間帯に会社へ到着する。

エレベーターを待っている数人の社員に混ざって、小さなあくびをした菜月。それもそのはず。

夜中に帰宅してお風呂に入り、すぐにベッドに潜ったが寝られるはずもない。目を閉じれば湊の顔が浮かび、目を開ければ湊の気持ちを推察したくなる。たった一晩の過ち。いや、依頼を受けただけでこんなに影響を受けるとは、予想もしていなかった。

久々のセックスだったから？

それとも湊だったから？

考えれば考えるほど、心臓が反応して締め付けてくる。

(あれは仕事の一環だったのよ。何の感情もないんだから)

菜月が気持ちを入れ替える為に大きく深呼吸をした時、上の階へ向かうエレベーターが到着したので、流れに沿って乗り込んだ。

そうして一番奥の角に詰めた菜月が前を向くと、続いて乗り込んできたのは今一番会いたくない湊であった。

「っ!?」

「……おはようございます」

「お、はよ……」

いつもと変わらない様子で挨拶を交わすと、湊は菜月の真横に並ぶ。次々と社員が乗り込んできて、エレベーターはあっという間に定員となった。

扉が閉まり、周囲がしんと静まり返る。隣に立つのは、昨夜セックスしてしまった憎らしい後輩。

(よりによって何で隣……!)

思った以上の気まずさを感じ、割り切る事の難しさを実感した菜月は、頬を赤く染めて明らかに動揺していた。

それでもきっと、時間が解決してくれる。湊は普段通りだったのだから、自分が慣れていけば今まで通り先輩として接する事はできる。

ギュッと目を閉じて、この空間から早く解放される事を願っていると……。

「!?」

菜月の片手に誰かの手が触れ、その骨ばった指が絡まってきた。

方向的に、その誰かの手というのは湊のものである事が明白だった。ゆっくりと試すように指を絡ませてくる感覚は、昨夜の出来事を連想させる。

「っ……」

体の奥にある、何かを司る箇所がジンジンと脈打ちはじめる。

たかが指を絡ませられているだけなのに、徐々に体が熱を持っていくのがわかった。

菜月が乱れそうになる呼吸を必死に抑えていると、エレベーターが停まり扉が開いた。

「お、降ります!」

数人が降りた後に続き、逃げるように慌ててエレベーターを降りた菜月だったが、ここは本来降りる階ではない。

背後で扉が閉まると、エレベーターは他の社員と湊を乗せたまま更に上の階へと上がっていった。

（……何なの、どういうつもりなのっ⁉）

見えないとはいえ他の社員もたくさん乗っているエレベーターの中で、指を絡ませてくる行為。

『たまたま触れただけですが、何か？』

『そんな事で慌てて、思春期ですか？』

そんな風に悪びれた様子もなく言ってくる無表情の湊が脳裏に浮かんで、何だか腹が立ってくる。

変に意識して、勝手に心を乱したのは菜月の方だ。

しかし今、あんな事をする必要があったのだろうか？

「はぁ、しっかりしなくちゃ」

頬に手を添えて顔を歪めた菜月は、悪戯にからかわれた事に対して怒りを覚える。

こうも簡単に心を乱しては湊の思う壺だ。

昨夜の情事で、一夜を共にしただけの事で。

調子にのっている湊の思い通りにならないように、自分が気をしっかり持たないと。

そうして気を落ち着かせた菜月は、決して湊のペースにはハマらないと誓い、次に上の階へ向かうエレベーターを待つ事にした。


この日の午前中は、昨夜の失態の反動なのか、今朝の湊への怒りを昇華する為か。いつにも増して菜月の敏腕ぶりが部署内で輝いていた。

業務を一つ片付けると、休む間もなく次の業務に取り掛かって、後輩達の仕事内容にも気を配る。

「山田さん、例の企画書の進捗具合は？」

「データ集計は終わっていて、これから作成に入りま〜す」

「了解。松野くん、訂正依頼のメール送ってるから確認してね」

「わ、わかりました」

こうして仕事に集中していれば余計な事を考える余裕もないので、菜月はデスクに着いてからずっと手元と脳内をフル稼働させていた。

そしてその対応は、元凶となっている〝彼〟にも。

「桜木くん、先週の会議の議事録は？」

「もうできてます。今メールで送りますか？」

「お願い」

「……はい」

一度スイッチが入ると仕事一色になりテキパキと業務をこなせるので、やっと湊の事を意識しなくなった。

たとえ不意に目が合ったとしても、動揺しないし頬を染める事もない。

このまま昨夜の事は忘れて、今まで通り仕事上の関係だけを継続していけると自信をつけはじめた菜月は、ようやく自分をコントロールできるようになる。

「あ、桜木くん。あともう一つ」

「はい」

「次のイベント企画なんだけど、タスク空いてるのが私と桜木くんなの。だから二人で担当するって事でいい？」

仕事に私情はもう持ち込まない。

だから湊を避ける事もしないと決めた菜月は、業務タスクの空き状況を見て自分と湊が適任であると判断し、二人で業務を担当する事を提案した。

「……わかりました」

「ありがとう。午後に資料集めはじめるから、時間空けておいて」

「はい」

相変わらず口数は少なく、仕事も断らずにすんなり受ける湊。

でも少しだけ、誰にも気付かれないくらいに声のトーンが普段より暗いのは何故なのか。

その理由は、やはり誰にも知られる事はなかった。

昼休みが終了すると、湊の席に菜月が早々にやってきて声をかける。

「これから過去のイベント企画の資料を確認しに向かうけど、桜木くん行ける？」

「大丈夫です」

スッと立ち上がった湊は、普段通りの菜月と共に同じ階の資料室へ向かった。

手元の必要資料リストを見ながら通路を歩く菜月と、その隣に無言で並ぶ湊。

まさかこの二人が昨夜に体を重ねていたなんて誰も思わないくらいに、先輩後輩としての割り切った空気が漂っていた。

すると人通りがなくなった事を確認した菜月が、前を見据えて湊に話しかける。

「今朝みたいな事、もうしないで」

「え？」

「私達、恋人でもセフレでもないし」

「それは……」

「ちゃんと割り切れるでしょ。優秀な桜木くんなら」

先輩としての威厳を含ませつつ、そう忠告しながら資料室の前に到着すると、菜月は首に掛けていたＩＤカードを読み取りパネルに翳し、開錠したドアをゆっくりと開けた。

その間何も反論しなかった湊は、少し埃っぽい資料室に入っていく菜月の後ろに続いたが、ドアが閉まったと同時に内側から静かに手動で鍵をかける。

「じゃあこっちの棚から順に……っ！」

そう言って菜月が振り返ろうとした時。湊の表情を見る間もなく突然、背後から抱き締められた。

一瞬心臓が大きく跳ねたが、先輩として取り乱してはならないと、落胆混じりの息を吐く。

「……さっき私が言った事、理解してないの？」

「理解してます」

「じゃあ、何してんのよ」

呆れたような声で菜月が言うと、その体を更にギュッと強く抱き締める湊。

普段は言葉と行動が一致している印象の湊が、今は正反対の行動をとっている事に、菜月は少しだけ違和感を覚えた。

「……桜木くん、いい加減に」

「割り切るつもりでしたよ、今朝までは」

耳元で聞こえた声は少し弱々しく、予想していなかった湊の言動が菜月の心を揺り動かす。

「何言っ」

「でも横井さんを前にしたら、頭では理解していても心と体が言う事きかないんです」

そう言って菜月の首筋に鼻先を擦り寄せた湊の、吐息と前髪がくすぐったくて。

全身に電流が走ったように体を震わせた菜月は、持っていた資料の紙束を床に落とした。

「こんな気持ちになるのは、俺だけですか？」

「桜木く、待っ……」

「横井さんは感じませんか？」

そう問いかけた湊は、今度は唇を這（は）わせる。抱き締めていた腕は、力を緩めたかわりに菜月の体を弄（まさぐ）ってきた。

拒絶しなくては。

頭ではわかっているのに、腕に力が入らなくて湊の体を押し返す事ができない。

芯が徐々に熱くなって、何も求めてなどいなかったはずなのに、体中の血管が騒ぎ立てる。

この状況は今、湊が抱える問題と同じなのだろうか。

頭では理解していても、心と体が真逆を突っ走っていく。これ以上ハマってはいけない方へと。

「だっ誰か来たら」

「内鍵、閉めました」

「勝手に……んッ⁉」

体勢を変え、資料ファイルが詰まった棚に背中を押し当てられた菜月は、湊に無理矢理口付けられた。

抵抗しようと肩を押すもびくともしない上に、湊に体のラインを撫でるように触れられて、仕事中にもかかわらず疼いてくる自分がいる。

「やめて、もう……」

「正直に、答えてください」

「……っ」

何がしたいの、どうなりたいの。

職場でこんな事、絶対許されないのに。菜月の制止を無視してまで触れてくる湊の目的が、全くわからない。

頬に大きな手を添えられて、溶けそうな瞳を湊に向けた。

「俺は一度きりにはしたくない。だから……」

てっきりまたからかわれているのだと思っていたが、思い詰めるように哀しい顔をした湊と見つめ合う。

「また、依頼していいですか？」

「え……？」

それはつまり。

また体を重ねたい、という事のようで。

昨夜が最初で最後と決めていた菜月には、真っ当な返答が既に用意されていた。だから、秒で断る事ができたのに。

求められている事実に対して、頭ではダメだとわかっていても、心は高鳴り体は熱を帯びる。

どうして、こんなふうになってしまったのだろう。

まるで菜月を追いかけて離さず、秘密という名の弱味で利用しようとしているような。

しかし、もう一つの可能性も濃厚になってくる。

「わ、わかった……わかったからもう、離してっ」

限界が近づいていた菜月は、湊の動きをやめさせる為に仕方なくこの言葉を口にした。

『わかった』という台詞は、次回の依頼を容認するものだ。

すると大人しく菜月の体から手を離した湊は、思惑通りに事が運んで不敵な笑みを浮かべる。

何より、昨夜の一件が菜月にとって最低最悪の経験ではなかった事が、確信できて安堵したから。

心底、自分という人間を嫌いになったのであれば、今この瞬間に殴られていてもおかしくない。

その覚悟を持っていた湊は、余計に嬉しくなったのだ。

「横井さん、言いましたからね？　絶対ですよ？」

呼吸の乱れた菜月に対して、喜びが顔全体に滲み出ている湊。

そんな表情を目の当たりにした菜月は、怒鳴り散らしたい気持ちをグッと堪える羽目になってしまった。

しかし、このまま黙っている訳にもいかない。

「……その前に。もう会社でこういう事、絶対しないで。今度やったら本当にクビにするから」

もちろん、そんな権限は相変わらずないのだが、それほど菜月は怒っているという事を示したかった。

「はい、すみません。抑えられなくてつい」

「……っ」

そういう言葉も菜月の胸がキュッと音を鳴らす要因となるのだが、素直に喜ぶ訳にはいかないので顔を背ける。

最初で最後のはずだったのに。

湊が菜月に執着する意味はハッキリとはわからないけれど、どうやら菜月は押しに弱いと自分自身を理解する。

ただ、その相手は誰でもいい訳ではなく、紛れもなく湊である事が条件なんだと、少しずつ認めていくしかなかった。

過去の資料ファイルを抱え、菜月と湊は何事もなかったように企画部へ戻ってきた。

ファイルをドサッと机に置いて席に着いた菜月だったが、何か考え込むように頬杖(ほおづえ)をつき、鬼の形相で真っ暗なパソコン画面を凝視している。

(ありえない、ありえない……)

微動だにしない菜月は不穏なオーラを放ち、呪文のように脳内で繰り返す。

湊とまたセックスをする約束をしてしまった事もそうだが、何よりも……。

触れられると理性や自制心を保てず、抗(あらが)う事ができなかった自分に腹が立った。

久しぶりのセックスで快感を覚えてしまったのか、もしかして本能的には湊との体の関係を望んでいたのか。

それとも、何か別の感情が芽生えたのか。

(……ま、まさかね)

ほんのり頬を赤く染めた菜月は、胸を押さえて鼓動を確かめる。それは普段よりも速く、慌ただしい。

首を横に振って全力で思考を追い出すと、スマホを取り出してある人物に送るメッセージを作成しはじめる。

その時。

「横井さん、風間（かざま）さんが来てますよ！」

「え？」

後輩の女性社員である山田が声をかけてきた。菜月が顔を上げると、企画部に突如現れたのは営業部の風間崇（たかし）。

甘いマスクと評される彼が訪問してきた事に、企画部の女性社員達が騒ぎはじめる。そんな中、風間は菜月の姿を見つけるとこちらへ歩いてきた。

今回のイベント企画を共に担当する人物の一人だと知っていた菜月は、わざわざ挨拶にきた風間を立ち上がって出迎えた。

「横井さんですか？」

「はい、初めまして。横井菜月です」

「風間崇です。会議で顔を合わせる前に挨拶したいと思って、突然来てしまいました」

そう言って、優しく微笑む風間。確かに、こんなに整った目鼻立ちや穏やかな口調と声を持っていれば、モテるのも仕方ないと感じる。

今回のイベント企画を立案したのも、営業で歩き回って獲得したであろう事を思うと、仕事もできるのだと想像できた。

「お噂は聞いてます」

「え～どんな噂だろう？」

「仕事も外見もパーフェクトだと」

「はは、それは嬉しい噂だな」

おまけに器の大きさも持っている。そんな風間の様子に少しホッとした菜月は、好印象を抱くとともに自然と笑顔になっていた。

その二人の様子を自分のデスクから眺めていた湊は、微笑みながら風間に対応する菜月に少し心をモヤモヤさせていた。

(今の俺にはそんな顔、向けてこないのに……)

心の中でそんな風にぼやいた湊は、不機嫌そうに視線を外して午後の仕事を再開した。


火曜日の十九時にもかかわらず仕事を終えたサラリーマンでごった返しているのは、安くて美味いを売りにした、串焼きの煙が充満する昔ながらの居酒屋店内。

その隅っこにあるテーブル席でビールと焼き鳥を交互に口へ運ぶ菜月は今、前代未聞の悩みを抱えている。

向かいに座り全ての話を聞かされた恵は、菜月が昼間の内にメッセージアプリで飲みに誘っていたお相手だ。

「んで？　その後輩とセフレ関係に？」

「それだけの為に会うのって……」

「セフレでしょ」

「あああ。もうその響き嫌！　フレンドじゃないし！」

ビールジョッキをテーブルにダンと置き不満げに答える菜月だったが、何やら恵は頬杖をついて微笑んでいた。

「な〜んでハッキリ断らなかった？　もしかして、すっごいテクニシャンだったの？」

「……そんなの、余裕なかったからわかんないよ！」

「じゃあ好きになった？」

「うっ……」

それも正直わからなくて、菜月はすぐに否定できなかった。

ただ、資料室でまた依頼したいと言ってきた時の湊の表情が何だか哀しそうで。

拒絶を恐れるように潤んだ瞳を向けてきたから。

思わず容認してしまったのは、自分の失態。

体を重ねた事で、職場では絶対気付く事のできない湊の魅力や仕草を知った。それ以降、事あるごとに胸の奥が騒ぎ立てるようになったのは事実。

しかし、それを好意というのか、単に体の相性を認めただけなのか菜月には見当もつかなかった。

加えて湊の気持ちもハッキリわからないままだから、いつまで経っても気持ちが晴れない。

想いがあるのか、それとも都合良く繫(つな)ぎ止めておきたいだけなのか。

「好きになっちゃったら、もうセックスはできない……」

いずれにしても。

愛のないセックスがはじまりだった自分達の関係が、この先まともな恋愛に発展するとは思えない。

そんなものがなくても、行為は問題なくできてしまった。お互いにそれを証明してしまった以上、そこから新たな愛が生まれるはずはないから。

「菜月って理屈っぽいよね～」

「いやいや、正論でしょ」

呆れたようにため息を漏らした恵は、ビールを飲んだ後に別の人格がのり移ったような演技をはじめた。

「セックス上手、好き！　超イケメン、好き！」

「な、何？」

「誰かを好きになるキッカケなんて人それぞれだし、セックスしたから好きになる事だって勿論あるわよ」

「……でも、私は」

そんな恋愛をしてきていないし、学生時代も社会人になっても積極的に異性と遊んでいない。

常に真面目で世間体を気にし、列からはみ出さないように歩いてきた身としては、そんなキッカケは許されなかった。

それなのに現状、湊とは体の関係を築いてしまっている。

何も言い返す言葉が見当たらない菜月は、悔しそうに残りのビールを体内に流し込むと表情を曇らせた。

「ま、こればっかりは頭の固い菜月が自分で気付く事だから、私は黙って見守りますよ〜」

「……そうしてちょうだい」

「せっかくだから、私もその後輩に抱いてもらおっかな！」

「はあ!?」

恵が企(たくら)むような顔でそう言うと、菜月は食べ終わった串の先端をそのふざけた事ばかり言う口元に向ける。

そして眉根を寄せてギッと睨んだ。

「じょ、冗談に決まってるでしょ」

「次、言ったら手の甲刺すわよ」

「こっわ」

なんだかんだ言っても、菜月は湊の事を職場の後輩としては未だに信頼をしているし、大切に思っている。

それを知れただけでも安心だ。そう思い、恵は優しく菜月を見つめるのであった。


話し尽くした菜月と恵は会計を済ませて、居酒屋を出る。

ほろ酔いの顔に夜風が当たって心地良さを感じる中、仲良く並んで駅へと歩く。

すると突然、菜月は声をかけられた。

「あれ、横井さん？」

「え、風間さん？」

別のお店から出てきた、複数人のサラリーマン。

何とその内の一人が、昼間に会社で初めて挨拶を交わした営業部の風間だった。

「横井さんも飲んでたんですか？」

「あ、はい。同期と……」

「こんばんは～中谷で～す」

「ああ中谷さん！　横井さんと同期なんだね」

社内でも美人で有名な恵と、営業部のエースでイケメンの風間。

どうやら二人は既に顔見知りのようで、初めましてもなく挨拶を交わす。

さすが、モテる者同士は繋がりが早いわ。なんて菜月が思っていると、恵は気さくな調子で風間に問いかけた。

「風間さんも会社の人と飲みに？」

「いえ、大学の友人と集まっていたんです」

「わ～楽しそうですね！」

さすがコミュ力の高い恵。

上司だろうと部下だろうと、相手と自分の立場に応じて上手く話題を振り、楽しく会話を継続できる。だからモテるんだろうなと菜月は改めて思った。

すると恵と会話する風間が突然、隣の菜月に目を向けて微笑みかけた。油断していた菜月は思わずドキッと胸が鳴る。

「今度は是非、俺も誘ってくださいよ」

「え～風間さんと一緒に飲んだら、他の女性社員に妬まれるから嫌で～す」

「ちょ、ちょっと恵！」

酔いが回ったのか、失礼な事を言いはじめた恵を宥めるように菜月が声をかけると、風間は怒るどころか空気を壊す事なく眉を下げて笑っていた。

「それは悲しいなぁ、お二人と仲良くしたいのに」

「すみません風間さん、今日の恵はちょっと飲みすぎていて」

「いえいえ、中谷さんは相変わらずストレートで面白いですね」

「風間さんも相変わらずモテてますもんね～」

恵の特性を充分理解している様子の風間は、歩き出した友人らに気付いて後を追った。

「じゃあ二人とも気をつけて帰って」

「は～い！　さようなら！」

「お、お疲れ様です」

にこりと優しい笑顔を向けて去っていく風間を見送った、菜月と恵。

随分と遠ざかった後に、酔いが回っていたと思われていた恵がふうと息を吐き、しっかりした口調で話しはじめた。

「……気をつけてね、菜月」

「へ？」

「今度、風間さんと同じ案件進めるんでしょ？」

「う、うん……」

気をつけるとは何の事を指しているのか。

菜月がよく理解していない顔を向けると、先ほどまで風間と笑顔で会話をしていたのが嘘のように恵の表情は死んでいた。

「風間さん、うちらより二つ年上で優しい先輩だけど、意外と黒い部分持ってるから」

「え！　そうなの？　そんな風には全然見えないけど……」

「そんな風に見えない人の方が、危ないんだからね」

恵の言葉は信じ難い内容だった為、すぐに受け入れる事はできなかった。けれどデタラメを言うような恵ではない事も、菜月は知っていた。

「……き、気をつけます」

風間の事はまだよく知らないけれど、これから同じ案件を担当するので会う機会も増えるはず。

そうすれば、徐々に恵の忠告の意味を理解していくかもしれないが。

半信半疑の菜月はこの時、あまり深くは考えていなかった。

第五章　選択の鍵

資料室での出来事以降、次の〝依頼〟がくることもないまま数日が経った、金曜日。

コの字に設置した長テーブルと二十の席が用意された会議室では、イベント企画の資料作成を担当する企画部の菜月と湊、そして営業部の風間や他部署の社員達が集まって、ようやく意見がまとまったところだった。

「では次回の会議は二週間後になりますので、それまでに企画部は企画書の完成をお願いします」

「はい、わかりました」

風間の言葉に返事をした菜月は、完成までの二週間は恐らく残業も必要になるだろうと予想しながら、操作を終えたノートパソコンを閉じた。

他の社員達はどちらかというと企画書が出来上がってから忙しくなる人達なので、今はまだ気楽な顔をして会議室を出ていく。

「これから忙しくなりますね」

「うん。桜木くんも体調管理に気をつけて、一緒に頑張りましょう」

「はい」

隣に座る湊と、そんな会話を交わしながら席を立つ。二人が会議室を出ようとした時、不意に声をかけられた。

「あ、横井さん」

「はい？」

風間に呼ばれて菜月が足を止めると、湊もそれが気にかかり一緒に立ち止まった。

優しく微笑みながら近づく風間を、警戒するような目で見る湊。恵と同様に風間の黒い部分に気付いているのかはわからない……が、まるで菜月を護衛するよう背後にピタリとくっついて見張り、離れようとしない。

「この前は偶然お会いして、ビックリしましたね」

「そ、そうですね」

「横井さんお酒好きなら、今度いいお店紹介しましょうか？　案内しますよ。俺、結構知ってるんです」

「え？」

親切心で言ってくれているのはわかる。

しかし風間が教えてくれそうなお店と聞いて菜月が想像したのは、落ち着いた雰囲気とエレガントな内装で、カウンターに立つバーテンダーがシェーカーを振るような高級店。

それは菜月が風間と飲みにいく場所として、望んでいるものではない。どちらかというと、騒がしい居酒屋の方が気軽で行きやすいから。

しかし菜月には、恵のようにそれを上手く話す術も、本音を言う度胸もない。

「あ、ありがとうございます……楽しみにしています」

作り笑いでそう返答するのが精一杯だった。

すると背後にいた湊が、菜月の腕を突然掴むと自分の方へ引き寄せた。

「雑談してる暇、ありません」

「さ、桜木くんっ!?」

「戻ってすぐ、企画書作成に取り掛からないと間に合いませんよ」

湊に腕を掴まれたまま会議室を出ていく菜月の後ろ姿を、穏やかな表情で見送る風間。

しかし一人きりとなった途端に、その穏やかな表情は一転する。

ただ、何かを察したような怪しい笑みへと早変わりしたその姿を、誰にも知られる事はなかった。


自分達の部署に戻る為、エレベーターの昇降口前に並んで待つ菜月と湊だったが、漂う空気は何故かピリついていた。

「桜木くん、何で急に不機嫌なの？」

「別に普通ですよ」

「いや明らかに会議前と今の態度、違うんだけど」

「そんな事ないです」

するとと上の階へと向かうエレベーターが到着し、会話を終わらせて先に乗り込む湊。

違和感が解決しないまま後に続いた菜月は、静かにボタンを押してエレベーターの扉を閉めた。

密室に二人きり。

気まずい空気が未だに継続していると、湊の方から口を開いた。

「今夜、空けておいてください」

「今夜？　……っええ!?　それって」

ついに依頼がきたかと菜月の心臓が大きく跳ねた。

しかし突然すぎるという不満の顔で横顔を見つめていると、前を見据えたままの湊は更に言葉を続けた。

「明日は休みだから、朝までゆっくり眠れます」

「っ……!!」

さりげなく前回の反省を踏まえて、しっかりと朝までコースを依頼してきた。

顔色一つ変えずに淡々と話す湊とは正反対に、頬をほんのり赤く染めて下唇を噛んだ菜月。

色々と準備があるのだから、せめて前日までに依頼して欲しかったと思う反面、どこかで「やっときた」という嬉しさのようなものが込み上げてきたのは、何故だろう。

数日間、湊との間に何もなかったせいか、もしかして飽きられた？と考えた時もあった。

しかしそうではなかったという事が今、証明されて、安心している自分に気が付いた菜月。

「場所は後でメッセージを送ります」

「……わかった」

菜月からの、依頼を受理する言葉を聞いて、ようやく目線を向けてきた湊は驚いた表情をしている。

「……断られると、思いました」

「え、何で？」

「急だった上に、これから仕事も忙しくなるので……」

突然の依頼をした裏では、一応菜月の状況も考えてくれていたのかと、少しだけ感心するも小言を漏らした。

「それがわかっていて、依頼してくるのズルくない？」

「そうですね、すみません」

またしても試されるような事をされてついイラッとした菜月だったが、湊がすぐに謝ったことで自然と怒りは浄化されていく。

そして湊は会社では誰も見たことがないであろう微笑みを、菜月にだけ向けてくる。

「でも嬉しいです、すごく」

「……ッ」

自分とのセックスをこんなに喜んでくれるのは、女として求めてきてくれるのは。

今はこの世界でただ一人、目の前にいる湊だけなんだ。

菜月は熱を帯びた頬がバレないように俯くと、エレベーターが目的の階に着くのをただひたすら待った。

「お疲れ様でした～！」

「お先に失礼します」

あっという間に退勤時間となり、残業のない社員達は解放されたように企画部のフロアから退室していく。

そんな中、職場の誰にも知られてはいけない、危険かつ秘密の約束を共有する菜月と湊はというと。

共に真面目な顔つきで、いつも通り業務に取り掛かっていた。

「桜木くん、データ集計終わった？」

「はい」

「こっちも文章まとめたから、今日はあと一時間の残業で終わりそうね」

資料の作成は、締め切りまでのスケジュール通りに進みそうだ。ひとまず安心した菜月は、キーボードから手を離し椅子の背もたれに寄りかかって一息ついた。

ふと湊に目を配ると、休むことなく手を動かしパソコン画面を見つめ作業を進めている。

（少しくらい休んでも大丈夫なのに……）

それとも、早く仕事を終わらせたい理由でもあるのだろうか。

だとすれば、それは。

（そんなに早く、私と……？）

そう考えた途端、きゅっと胸が音を鳴らして脈が速くなり、徐々に顔が火照ってきたのがわかった。

これ以上気を乱さないようにと姿勢を正して作業に取り掛かるも、少しだけ下腹部が締め付けられるような違和感を覚える。

（嘘でしょ……）

この後予定している湊との逢瀬を楽しみにしている体の反応に、菜月はただただ情けなくなり俯いた。

少なからず湊とのこの関係を、自分は認めはじめている。そして体がそれを欲しているのだと、理解したから。

体は正直。

なんて言葉もあるけれど、正に頭では間違っていると思っているのに、体がそれを許して依存するよう仕向けてくる。

仕事もせず自席で頭を抱える菜月に、黙々と作業をしていた湊が声をかけてきた。

「横井さん」

「わ！　なな何!?」

「俺の担当ページ出来上がったんで、メールで送ってます」

「あ、ありがと……」

「確認お願いします」

真面目な後輩を前にして、残業中なのに関係ない事を考えてはいけないと反省しながら、パソコンでメールを確認する。

するとデスク周りを整頓しはじめた湊は、パソコンの電源を切り席を立った。

「訂正あったら週明けに直します。お疲れ様でした」

「え？　あ、うん……お疲れ様」

そう会話を交わすと、湊は何食わぬ顔で先に帰っていってしまった。

それもそうか、とため息をついた菜月は湊が作成したデータを開いて眺めるも、集中力はますます低下した。

一緒に退社するだけなら自然かもしれないが、向かう先までもが一緒だと万が一、他の社員に見られたらまずい。

時間をずらして退社するのが賢明であることはわかっているが、少しだけ残念な気持ちを抱いた。

（恋人同士だったら、そこまで警戒しなくてもいいのかな……）

そう思った時、デスクの上に置かれた菜月のスマホが振動し、一件のメッセージ受信を知らせてくれた。

残業を終えた菜月が向かった先は、会社から少し離れた場所にある、ラグジュアリーなホテル。

駅前の賑わうエリアで、圧倒的存在感を放って聳(そび)え立つ三十階建ての建造物。ホテル前に到着したばかりの菜月は、その最上部分を地上から見上げ、驚いた表情を浮かべていた。

「……本当に、こんな高級ホテルのレストランを予約したの？　桜木くん……」

金銭面を考えて少し不安に駆られるも、湊を待たせていることを気にしてホテルに入っていく菜月は、ロビーの高い天井のど真ん中にある大きなシャンデリアに出迎えられる。

その豪華さに圧倒されつつ、観光客らしき外国人の団体や宿泊目的のカップルを横切ってエレベーターへ乗り込み、最上階のボタンを押した。

ゆっくりと扉を閉めたエレベーターが静かに上昇する中、菜月はスマホを取り出して先ほど受信したメッセージをもう一度確認する。

それは一時間前。退勤したばかりの湊から、すぐに菜月へ送られたメッセージ。

湊の目的は一つなのだから、てっきりホテル名と部屋番号が書かれてくるのかと思いきや、そこにはレストランの名前と個室を予約しているという旨。

まずは食事、という心遣いに驚きながらも、確かに残業後でお腹は空いているし、美味しい料理が待っていると思うと自然と気持ちは前向きになった。

「一緒に、食事……」

初めての日はホテルへと直行だったのに、今回はまるでデートのような順序につい胸が躍った。

もしも湊が、体の関係を続けること以外はどうでもいいと思っている人間だったら、わざわざレストランの個室を予約し、一緒に食事なんてする必要はない。

(ただのセフレじゃ、ないって事？)

近頃の湊の行動は、菜月への好意を匂わす事ばかりが増えているように思えて仕方ない。

しかしそんな事は、菜月から聞けるはずもない。それに勘違いだった時のことを考えると、絶対に触れたくない内容だった。

それでもエレベーターが最上階へと近づくにつれて、表情が緩んでいくのが自分でもわかる。

(私、今嬉しいんだ……)

心臓はトクントクンと優しく音を鳴らし、心地良い熱に包まれる。

目的の階に停止したエレベーターはゆっくりと扉を開き、レストランへ続く通路を軽い足取りで進む菜月の背中をしばらく見守った。

夜景が楽しめる事で有名なフレンチレストランに到着した菜月は、早速そこのグリーターに声をかけられた。

「いらっしゃいませ。ご予約のお客様でいらっしゃいますか?」

「えと、待ち合わせをしていて……」

「お待ちしておりました。ご案内いたします」

（桜木くん、私が後から来ることをちゃんと話してくれてたんだ）

ニヤけそうになるのを我慢しながら、案内された個室に入ると菜月は目を見開いて驚いた。

オフホワイトのテーブルクロスに覆われた円卓と、先ほどまで一緒に残業していた湊の姿が確認できたのだが。明らかに、その様子が違っていたから。

「横井さん、無事着いて良かったです」

「……ど、どうしたの？　桜木くん」

職場で毎日見ていた、目にかかりそうな重たい前髪が真ん中で分かれ、ほど良くセットされている。

それにより端整な顔が露出して、職場にいる時とは見た目も雰囲気も別人のようにガラリと変わっていた。

年下で後輩だけど、男性として充分魅力的な湊の姿に、一瞬にして菜月の心が大きく揺さぶられた瞬間。

「せっかく横井さんと食事するので、少しだけ整えてきました」

鼻の先端を指でかき、照れながらも正直に答えた湊はほんのり頬を染めていて、それがまた菜月にとっては好印象となる。

「それに社内の人にバッタリ会った時、これなら俺だと気付かれないと思っ
「カッコいいよ……」

「……え？」

「え、あ！　いや、遅くなってごめん！」

慌てて席に着いて自分の発言を誤魔化した菜月だったが、初めてかけられた言葉を湊が聞き流す訳がない。

「本気で言いました？」

「な、何が？」

「カッコいいって、今はっきり聞こえましたよ」

「っ……」

その整いすぎた顔面をこちらに向けないで、と願いながら湊を直視できない菜月が俯くと、黒の合皮カバーに覆われたメニュー表を持ったスタッフがやってきた。

「ご来店ありがとうございます。こちらメニューでございます」

「あ、ありがとうございます！」

「……どうも」

菜月的にはスタッフ様ナイスタイミングという気持ちでいっぱいだったが、湊にとってはもう一押しで菜月の本音が確認できたのに、と少し残念な結果となるも。

「へぇ、どれも美味しそうで迷うね……」

受け取ったメニューを眺めながら楽しそうに微笑む菜月の様子を見て、湊の満足度は少しずつ上がっていった。

「お酒飲みますか？　白ワインとか」

「そ、そうだね」

「コース料理にします？」

「あ、うん……それでお願いします」

全面ガラス張りの窓からは、夜の街の明かりが宝石のように鏤（ちりば）められているのが見え、壁際には大きな絵画と高級そうな花瓶が飾られている。

そんな特別感漂う空間でこんな会話を交わしていると、本当の恋人とのデートのようだと錯覚してしまう。

それくらいに湊が自然と目配せしたり、気さくに微笑んだりするのだから無理もない。

間もなくスタッフに運ばれてきた白ワインがグラスに注がれて、食事をはじめる前に湊と目線を合わせて乾杯した。

しかし、職場では味わう事がない感覚の連続に、菜月の心はソワソワしてすぐに夜景へと視線を向けた。

その横顔を嬉しそうに見つめる湊は、菜月に優しい声をかける。

「ありがとうございます、今日来てくれて」

「そ、そう仕向けたのは桜木くんでしょ……」

「ドタキャンだってできたのに、それでも来てくれたのが嬉しいんです」

そう言って熱心に向けてくる湊の視線も、温かい声も。

好意が全く入っていないとは思えなくて。変に意識してしまう菜月は、いつもよりハイペースに白ワインを口にした。

前菜にはじまり、海老をふんだんに使った海鮮料理やメインディッシュの牛肉料理を堪能した菜月は、その緊張を徐々に解(ほぐ)していく。

そしてデザートのバニラアイスとコーヒーを口にする頃には、すっかり満足そうな笑みを浮かべていた。

「はぁ〜幸せ、全部本当に美味しかった」

「そうですね」

そんな様子を眺めながら、満足した湊も微笑みで応えスプーンを置く。

美味しい料理とお酒にすっかり上機嫌となっていた菜月は、食事が終われば何をする予定なのか。それを完全に忘れている。

だからつい、思ったままの感想を包み隠さず口にしてしまった。

「桜木くん、その髪型で毎日出勤してみたら？」

「え？」

「みんなビックリするだろうけど、表情もよく見えるしイメージ変わるから絶対にモテるよ」

湊の持つ、会社での地味で無口なイメージは顔や表情がハッキリ見えない事によるものが大きいと思っていたから。

しかし菜月の言葉を聞いてふと表情に影を落とした湊は、ワインをクイっと飲んで小さく答えた。

「……別にモテたくないです」

「そうなの？　もったいないなぁ」

するとおもむろに湊がテーブルの上に置いたのは、ホテルの客室カードキー。

それが視界に飛び込んできた菜月は、今日のメインは何であるかを思い出して沈黙したまま視線を逸らす。

それでも、もう後に引く事は考えていない湊が小さく呟いた。

「横井さんだけでいいんで」

「……え？」

何が？という気持ちで菜月が視線を上げると、真面目な顔をした湊が真っ直ぐな瞳で見つめてくるので妙な緊張が走る。

それと同時に胸の鼓動は徐々に速度を上げていき、これ以上視線を逸らす事は許されない状態だった。

「俺の全部を知っているのは、横井さんだけでいいです」

何故そんな事を言い出したんだろう。

そしてそれは一体、どういう感情で話しているんだろう。

菜月が少しだけ首を傾けると、湊はテーブルに置いたカードキーをスッと押し出し、菜月の手の届く範囲まで寄せてきた。

「な、何？」

「少しでも可能性があるなら、キーを受け取ってください。ゼロなら……このまま帰ってください」

「可能性？　どういう事？」

ここへきて今夜の行為の有無を、菜月の選択に委ねてきた湊。

しかし話の趣旨がわからなかった菜月は、カードキーを受け取る事も突っぱねて帰る事もできずにいる。

「……俺が、横井さんの男になれる可能性です」

妙な緊張感が漂う中、湊は菜月を見据えたまま、核心に迫る言葉を投げかけた。

そして今までにないほど真剣で、でも自信に満ち溢れているという感じでもなく、寧ろ少し不安げな瞳を向けてきた。

菜月にとって湊が恋人になれる可能性があるならカードキーを受け取り、その可能性がないのなら置いて帰って良いという二つの選択肢。

そんな大事な事を、一体何故。

「どうして、私が決めるのよ……」

そこに湊の主張はなく、菜月の気持ち次第では部屋の予約が無駄になるとわかっていて、それでもカードキーを託してきた。

「桜木くんは、どうして欲しいの？」

「そんな返答じゃ、横井さんの気持ちがわからないです」

「わ、私だって桜木くんの気持ち、わからない」

湊の気持ちをハッキリと聞いていない中で選択を委ねられる事が、どうしても腑に落ちない。

すると不毛な会話に少し考える素振りをみせた湊は、惨めになる事をわかりつつも話しはじめた。

「……横井さんが俺を異性として何とも思っていないのは、異動して一年一緒に仕事してわかっていました」

「っ……」

「それでもどうにかなりたくて、あんな無茶な依頼をしたんですよ」

それはまるで、異動してきた一年も前から菜月の事を想っていたというような内容で……菜月は驚きのあまり言葉が出てこない。

だとしたら、初めから湊は想いを抱いている状態で菜月に〝依頼〟をし、無理矢理キスをした。

そして念願の一夜を共にした後、朝まで一緒にいたいと抱き締めてきた。

「……さ、桜木く……」

今までに起こった一つ一つの出来事が、菜月を想っての言動だと確定した途端。一気に血が騒ぎ立て、全身を駆け巡るような感覚に襲われた菜月は、胸に引っかかっていたものがスッと消えていく。

そして心のブレーキが解除された事によって、湊への気持ちが溢れてきた。

「横井さんを困らせる事も、自分が嫌われる事も覚悟して欲を優先しました。それで終わりにするつもりでした。でも……」

何を考え何を望んであの依頼に至ったのかをようやく話した湊は、苦悩の表情を浮かべて更に言葉を続ける。

「覚えてしまったんです、忘れられないんです」

一度覚えてしまった菜月の甘い声や蜜の味が、湊の体と脳裏に焼き付いて忘れる事ができなくなってしまった。

最初で最後のはずだったのに、欲は満たされるどころか増していくばかり。

「だからもう……誰にも渡したくない」

ここまで話してくれた湊だが、それでもストレートに〝好き〟という言葉が出てこない事に対して、菜月は何となく理解を示した。

見向きもしない菜月との一年で自信をなくし、想いを伏せたまま今日までやってきた。

そして今、こうして選択を委ねてくるのは、これ以上傷つきたくない湊のせめてもの自衛なのだと。

二人の関係が互いを苦しめるだけの結果を残して関係が断たれる前に、最後の足掻きで菜月の気持ちを確かめたくなったから。

決して誰でも良かった訳じゃない。

湊は、初めから菜月だけを想っていたし、菜月とのセックスしか望んでいなかった。

ただ、どこにでもある片想いをしていただけだった。

ずっと知りたかった湊の想いが、今ようやく菜月に届けられる。

しかし、自然と潤んできた瞳で湊を睨んだ菜月は、確実に何かを怒っていた。

「あんな依頼をする前に、どうして最初に話してくれなかったのよ……」

「恋愛対象になっていない内は、自分の気持ちを伏せておきたくて」

「だ、だからって、はじまりがあんな形だったから、私は余計な事たくさん悩んで迷って……」

そう言いながら額を押さえる菜月。

この状態から好きになるなんて絶対ない。こんな事で好きになっても上手くいくはずがないと言い聞かせてきた。

そして湊をそういう人間なんだと軽蔑し、腹立たしく思った事もあったのに。

全てが菜月を想うが故だったとわかって、すごく戸惑っているけれど正直、嬉しさも込み上げる。

「冷たい、酷い態度もたくさん取ったし。傷つくような言葉も桜木くんに言った」

「それは当然です。おかしい事、言い出したのは俺の方なので」

ここ最近の言動を後悔する菜月を気遣い、湊はその後悔を取り除こうと優しく声をかけた。

耳に届いた心地良い声色に、視線を少し上げた菜月の瞳には、再びカードキーが映る。

「……まだ、複雑だけど……」

湊がそうであるように、菜月の体も湊を覚えて忘れる事ができずにいるのは自覚していた。

これが純粋な好意なのか、気の迷いなのかはわからない。

しかし確実に一つ言える言葉を用意して、菜月はテーブルに置かれたカードキーを手にした。

「でも桜木くんともう一度……」

「っ……」

「今度は、ちゃんと」

自分の気持ちに素直になって、お互いに確かめ合いたい。

先輩も後輩も関係なく、男と女としてもう一度肌を触れ合わせたい。

今度はちゃんと、愛を感じて抱き締め合いたい。

「そんな理由でキーを受け取るのは、ずるいかな……？」

菜月は恥ずかしい気持ちが極限に達しつつあるも、現段階の想いを包み隠さずに伝えた。

その手に握るカードキーに照明が反射して、キラリと光を放つ。

「……いいえ、俺の希望通りです」

嬉しさを必死に抑えながら優しく微笑んでみせた湊は、ゆっくりと立ち上がって菜月に手を差し伸べる。

未だに気持ちがハッキリしていないずるい女なのに、見返りを求める事もなくただただ愛おしそうに見つめてきてくれる湊。

菜月に二つの選択を委ねた時点で、湊の気持ちは既に決まっていた。

キーを突き返されたら今度こそ諦めようとしていたし、菜月がどんな気持ちを抱いていようとそれを受け入れる覚悟を持っていた。

「……ち、因みに、本当に朝まで？」

「もちろん、今回は朝まで一緒です」

そう言って照れ笑いする湊に対して、心のブレーキをかける必要がなくなった菜月は素直に胸を高鳴らせる。

そしてぎこちなく手を伸ばし、差し出されていた湊の手のひらに自分の手を重ねて立ち上がった。

第六章　自覚の瞬間

バタンッ。

「んっ……！」

木製の高級感溢れる扉が閉まったと同時に、我慢を解除した湊の口付けを受ける菜月。

まだどんな雰囲気の部屋なのか、どんな景色が見えるのかも確認していない内に、キスは過熱し激しさを増した。

全身の力が徐々に抜けていく菜月は壁に背中を預けるも、息つく間もなく舌を絡めてくる湊は更に服の上からその体に指を滑らせた。

「待って、シャワー……」

「待てません」

「でも……わッ!?」

菜月の両足が突然床から離れたと思ったら、湊に軽々と抱き抱えられて部屋の奥へと運ばれた。

そこでようやく確認できたのは、アンティークなソファとダイニングテーブルが設置され、奥にはクイーンサイズのベッドが置かれた部屋の内装。

前回よりも格段にお金をかけていて、何より大きな窓から見える夜景も文句なしに綺麗だった。

リビングとベッドルームが一体化されたこのジュニアスイートは、湊が菜月と特別な時間を過ごす為に急いで用意した、二人きりの空間。

しかしそれらをゆっくり楽しむ余裕もないまま、菜月はベッドに下ろされた。その体に覆い被さり、再びキスを交わす湊と不意に目が合う。

「……わかってますよね？　横井さん」

「えっ」

「今夜は、俺の気持ちを知った上でセックスする事を」

手際良く菜月の衣服を剥ぎながら、確認するようにあえて言葉にした湊の瞳には、愛しい人物が映し出されていた。

指先の動き一つにさえも想いがのってくると考えただけで、菜月の心臓は今にも破裂しそうなくらいに大きく波打つ。

「わっ、わかってるよ！」

「じゃあ、もう遠慮はしませんから」

「っ……」

前回は菜月の反応を確認しながら触れていた湊だが、今回ばかりは少し強引に、かつ今まで積み上げてきた想いをぶつけてくるような愛撫がはじまった。

「ツ、はぁ……」

「もっと……聞かせてください」

喘ぎ声が止められないほどに湊の唇が菜月の体の至るところに降り注ぎ、簡単に熱を帯びていく。

優しく撫でられる胸の膨らみ。舌を絡ませたその先端は、すぐに変化をみせた。

「綺麗です、本当に」

呼吸が少しずつ荒くなる湊の手が、胸から腹へするすると滑り、やがてショーツの中に吸い込まれた。

既に準備万端となっていた部分に骨ばった指が侵入し、内側の壁に重点的に刺激を与え続けていると、菜月の声は細かく切れていく。

「や……あッ、もぅ」

「いいですよ……」

堪らず湊の体にしがみついた菜月は、感度が増したのか前回よりも早い段階で腰を大きく痙攣させた。

愛しい人の淫らな姿を見て充分すぎる興奮を得た湊は、指に絡まる蜜を舐め取りネクタイをするりと外す。

次に襟元のボタンを外そうとした手に、突然菜月の手のひらが重なってきた。

「!?」

「わ、私が……」

「……お願いします」

果てたばかりの上体を起こした菜月は、湊が着ているワイシャツのボタンを一つ一つゆっくりと外していき、脱がせる。

今度はそのままベルトへと手が伸びたので、湊が咄嗟にその手首を掴む。

「あの、あとは自分でしますから……」

「あ……違うのこれは」

「？」

ベルトよりも下の位置にある、ズボンの中で苦しそうにしている熱いものの存在を、菜月は知っていた。

「私が、してあげたいの……」

「ッ……無理しないでください」

「無理してないよ、桜木くんがしてくれたように、私も……」

頬を赤く染めながらも菜月の正直な気持ちを受け止める事にした湊は、少し間を空けて掴んでいた手首を離す。

それを許しと判断した菜月が、ベルトを外しズボンの中に潜んでいたものを出現させた。

「……あ、あまりジロジロ見ないでください」

「え!?　ジロジロ見て、ないわよっ」

少しムキになって反論したが、一呼吸して気持ちを落ち着かせると、菜月の細い指がその形を捉える。

前回はもちろん、今回もそんな事までは望んでいなかった湊にとって、予想外すぎる菜月の行動に動揺がおさまらない。

更には触れられている事実を視覚と肌で感じ、ますます理性を失いそうになった。

「ッ……その、触り方」

「へ、変？　ダメ？」

「いえ……」

受け身となった湊の頬が徐々に赤く染まり瞼は固く閉じられているが、抑え切れずに漏れる声は確実に解放に向かっている。

その押し寄せる快感を我慢するような表情と息遣いは、菜月の心をくすぐり続けてもっとその先を見たいと加速させた。

気持ち良くなってもらいたい。

ただその事だけを願った菜月が、今触れているものに唇を寄せようと頭の位置を低くした時。

何をされるのか瞬時に察した湊は、菜月の両肩を掴んでそのまま後ろへと押し倒した。

「ぅわッ⁉」

「も、もうッいいです！」

「え？　なんで、下手だった？」

「違います、そうじゃなくて……」

無理矢理中断された事により、口を尖らせて不服そうにする菜月。

そこに覆い被さってきた湊は、口元に手の甲を押し当てながら今日一番の赤い顔をしていた。

「耐え切れないです、気持ち良すぎて」

「……ッ‼」

「すみません。俺もう、ほんと余裕ないです……」

吐息混じりで苦しそうに答えた湊の声が菜月の鼓膜から脳へと届き、全身に痺れを巡らせた。

やがて胸が熱く滾(たぎ)り、奥底から感情の大波が押し寄せてきた菜月は、堪らず両腕を伸ばして湊の頬を優しく包み込む。

「私……今、愛おしいって思ってる」

「え……」

「今すごく、桜木くんのこと……」

こんなに欲情するのも、こんなに体と心を熱く燃やすのも。

湊の表情が、声が、全てが菜月をそうさせるから。

「欲しい……」

セックスからはじまり、芽吹いた小さな愛、膨らむ恋心。

今ならわかる。

あのはじまりだったからこそ、こんなにも湊に夢中になっているんだと。

潤んだ瞳で湊を欲した菜月に、制御の糸が切れた湊は激しいキスを落として、細く白い体を強く抱き締める。

お互いを欲する心が繋がったと自覚した瞬間。

互いの理性はどこかへ飛んでいってしまい、しばらくは帰ってくる事がないだろうと容易に予想できた。

瞼を閉じていても日が昇って外が明るくなってきた事がわかり、あれから相当な時間が経過したのだとすぐに理解した。

そして何にも代えられない愛しい体温と肌が、菜月の体を包んでいる事も。

ゆっくりと瞼を開いて正体を再確認すると、やはり目の前には寝息を立てて子供のようなあどけない寝顔で眠る湊。

その腕の中で目が覚めた菜月は、寝起きの顔を自然と緩ませる。

「……ふふ、可愛い」

前回も同じような湊の寝顔を見ていたはずなのに、明らかに抱いた感情が異なっている。

今は心から愛おしく想い、幸せを感じる。

「ん……」

(あ、起きちゃう？)

瞼を閉じたまま少しだけ体を動かす湊に、起こさないようにと気遣う菜月だったが、今以上にギュッと抱き寄せられて体がピタリと密着する。

そして突然、耳元で囁かれた。

「……横井さんの方が千倍可愛い」

「へあ!? おお起きてたの!?」

寝言にしてははっきり話し、無意識にこぼした独り言と会話が成り立っていた。

湊は起きていたのだと判断した菜月は、恥ずかしさで声が裏返るも、湊は至って冷静に返事をする。

「はい、少し前から」

優しく微笑みながら瞼を開いた湊と目が合い、温水が流れ込むような感覚で菜月の心を満たしていく。

「……あ、朝だね」

「そうですね」

「おはよ……」

「おはようございます」

初めて一緒に迎えた、朝。

視線を交わし、囁く二人。

そうして照れ臭そうに微笑み合うと、湊は唇を寄せて菜月に軽くキスをする。

「っ!!」

「横井さん、好きです」

「……え」

「ずっと言えなくて、すみませんでした」

菜月の髪を撫でながら伏し目で謝る湊。けれど菜月にとっては、一年前から想ってくれていた気持ちを言葉としてようやく聞けた事の方が、重要だった。

「……ずるいよ。既成事実を作ってから告白してくるなんて」

「ですよね、俺もそう思います」

「でも……」

湊の頬にそっと触れた菜月は、怒っても呆れてもいなくて、寧ろ感謝の気持ちで胸がいっぱいだった。

「長い間、想い続けてくれてありがとう」

固く閉ざされた菜月の心を、湊の一途な想いと常識外れの依頼が突き動かしたのは事実。

そして今、こうして幸福感を得られているのも。

「桜木くんのおかげで……わっ!?」

「横井さんだって、ずるいですよ」

突然菜月の体に覆い被さってきた湊は、その首筋に顔を埋めてスリスリと鼻先を擦らせてきた。

昨夜しっかりセットされていた髪型は見事に崩れていたが、それがまた色っぽく、長い前髪が菜月をくすぐってくる。

「ん……ッ」

「そうやって、朝から俺を誘うんですから」

「え!?　いや誘ってないから!　なんでそうなるのよっ」

密着する体を引き剥がそうとするも、仔犬が甘えてくるような感覚に菜月の抵抗力は弱まっていく。

これは何を言ってもしばらくは離してくれないと悟った菜月は、拒むことを諦めて湊の髪を優しく撫でた。

「桜木くんがこんなにデレる人だったなんて、知らなかった」

「俺も、横井さんがこんなに鈍感でツンデレだったなんて、知りませんでした」

「……どういう意味よ」

湊の言葉を聞いて、髪を撫でていた手が止まり不服そうに頬を膨らませた菜月。

すると湊の唇が首筋に吸い付いてきて、白い肌に赤色の印をくっきりと残していった。

「ちょッ……!?」

「職場では見られないその表情もこの体も、もう俺だけのものにしたい」

「っ!?」

そう言って不敵な笑みを浮かべた湊に困惑と嬉しさが同時にやってきた菜月は、吸われた箇所を手で押さえて固まるしかなかった。

真新しいこのキスマークが、もしも週明けになっても消えずに残ってしまっていたら……。

職場で誰かに見られてはいけないと考えた菜月は、所持しているものの中からハイネックの服を思い出そうとしていたが。

『俺だけのもの』

そのつもりでつけられた印だと思うと少しだけ、消えるまで時間がかかるのを望んでいる自分もいて。

思った以上に湊への想いが大きくなってきている事に、気付かされた瞬間であった。

週明け、出社して早々に化粧室へと向かった菜月。

目的はメイクを直す事ではなく、先週湊につけられた首筋のキスマークがちゃんと隠せているかを鏡でチェックする為だった。

「よし、大丈夫そう……？」

パッと見ただけでは全くわからないが、目を凝らしてみるとまだ薄(うっす)らとわかるような、わからないような。

そんな程度まで存在感が弱まったキスマークを指先で触れると、会社にもかかわらず先日の行為を思い出して菜月は赤面する。

(うわー、もうやだやだ鎮まれ！)

首を振って雑念を振り落とすと、襟元を正して鏡に映った自分の顔を見た。

できれば勤務中は心穏やかに、通常通りに過ごしたい。菜月がそうして気持ちを入れ替えて一呼吸すると。

「あ～横井さんだ、おはようございます～」

「山田さんおはよう」

同じチームで後輩の山田が、上機嫌な様子で化粧室に入ってきた。

いつも新しい案件を依頼しようとすると手一杯だと断られる事が多く、マイペースに仕事を進めて決して自分を追い詰めない、今時な可愛い女の子。

すると、普段は挨拶を交わす程度の山田が、菜月の隣にピタリと立った。

「うふふ、横井さんにも教えてあげよっかなぁ～？」

「え、な、何？」

山田がこんなに勿体ぶって話しかけてくる事は今までなかったので、つい身構えてしまう。しかし山田はお構いなしで、スマホを取り出し話しはじめる。

「先週末、久々に高校の同級生と集まったんですよ～」

にこにこと楽しそうにスマホを操作する山田の様子からは、話の内容が全く予想つかない。

高校の同級生との集まりで、何か菜月に関係する発見があったのか、それとも。

「見てください、この写真！」

「？」

菜月の目の前に、ずいっとスマホの画面を向けてきた山田。

そこには数名の若い男女が三列になって映った集合写真が表示されている。学生のようだが制服ではない為、恐らくは大学生だろうと予想できる。

「二列目にいる人をよ〜く見てくださいね」

「に、二列目？」

言われた通り二列目に写る人物達を順に見ていくと、一番端にいる男性のところで視線が止まった。

それは菜月も最近よく知るようになった、ある人物の顔だったから。

「……これ、桜木くん？」

髪が短く目鼻立ちの整った顔がハッキリわかり、現在より少しだけ幼く見える湊が優しく微笑んでいる。

しかし菜月の正解に、山田は目を丸くして驚いていた。

「横井さんよくわかりましたね!?」

「え？」

「だって今の桜木さんと、全然雰囲気違うじゃないですか。目元もハッキリ見えないし、こんな笑ったところ見た事ないですよ」

そうだ、職場の湊は重たい前髪で目元も表情もハッキリ見えず、根暗で無口というイメージがついていた。

そんな彼と最近急接近した菜月は、本当の素顔を知っていたのですぐに気付いたのだが……このままでは山田に怪しまれる。

「こ、この前飲み会で、昔の写真で盛り上がったのよ！（嘘だけど）」

「飲み会？　な〜んだ、そうだったんですね」

菜月の咄嗟の誤魔化しには納得したものの、とっておきのクイズを当てられた事に不満そうな山田が、この写真の入手ルートを簡単に語りはじめた。

「高校の同級生が桜木さんと同じ大学で、当時の写真見せてもらったんです」

「そ、そうだったんだ……」

「この顔なので、だいぶモテてたみたいですよ〜。どうして今はイケメン隠してるんですかね？」

山田の疑問に菜月も確かにと思うが、湊の事だから特に意味はなく、社会人になると同時に自然とそうなったのかもしれない。

しかし意味があるとすれば、何が思い当たるだろう。

その時、菜月はハッとした表情で山田に問いかけた。

「ねえその写真、もしかして職場のみんなに……」

「見せました！　みんなビックリしてましたよ！　特に女の子は！」

「あー、やっぱり……」

山田ならやり兼ねないその行動に複雑な感情を抱いた菜月は、呆れたようにため息をついた。

湊の事情を考慮せずにこの情報と写真を広める行為はいかがなものかと思う一方で、その素顔を自分以外にも知る人が職場に存在する事実を少し不安に思う。

(他の女性社員から言い寄られる事も増えるんじゃ……!?)

更に最も重要な事に気が付いた菜月は、顔を顰(しか)めて固まった。それを見た山田は何か怒られるのではと、静かにその場を後にする。

「じゃ、お先に失礼しま〜す」

「あ、うん」

力なく返事をした菜月は、一人になると壁に手をついて先週末の湊との会話を思い出す。

初めて二人で迎えた朝に言った『俺だけのもの』というのは、はたしてどういう立場で、どういう関係のもとで発言したのか。

現状維持のセフレとして？

それとも今よりステージアップした、恋人として？

「私は桜木くんの……なんだ？」

愛のないセックスではなかった事を知らせ、菜月の男になりたいと宣言し、不器用ながらに気持ちを伝えてくれた湊。

それに対して、欲情したり愛しいと言ったり。そして感謝の気持ちは伝えたものの、肝心の〝好き〟を言葉にしていなかった事に今更、気付く菜月。

今後の関係についてハッキリしていない事が判明した、月曜日の朝。

どんよりとした雰囲気を纏いながら、菜月は化粧室を後にする。

重い足取りで通路を歩いていると他部署の女性社員が二人、スマホを片手に会話をしながらこちらに向かって歩いてくる。

「え〜めっちゃカッコいいじゃん！」

「確かによく見ると口元とか本人だよね？」

決して大きい声ではなかったが耳に届いてきた会話に、湊の話題だとすぐにわかった菜月は気まずそうに俯いた。

「これは童貞な訳ないわ」

「寧ろ両手でおさまり切らないくらいの女子達に言い寄られて、困っちゃう、みたいな？」

「毎日こっちバージョンで出勤して欲しいね」

「何であんな陰キャ風にしてるんだろ〜？」

女性社員達とすれ違った後、菜月は胸に手を当てて複雑な感情を整理した。

既に菜月とセックスした湊は童貞ではない事を証明できるが、それ以前は正直わからない。

でも今の会話を聞いて、今度は湊が女好きで遊び人という噂が広まるのだろうかと菜月は懸念する。

（……桜木くんの、何を知ってるのよ）

一年も菜月に片想いをして、健気に想い続けてくれていた。

そんな湊が過去に、仮にモテていたとしても軽い気持ちで多数の女性と交際するはずがない。

有る事無い事が、こうした何気ない勝手な会話で広まり、噂が事実のように語られる。

どうかこれ以上、湊に不利になるような事が起きませんように。

そう願った菜月は、湊との関係性に不安を抱きつつも気丈な態度で企画部のフロアへと歩みを進めた。

「おはようございます」

顔を合わせる社員と挨拶を交わしてデスクに着くと、先ほど化粧室で話した山田は既に自分のデスクに座って仕事、ではなくスマホをいじっていた。

そしていつもは出勤している時間に珍しくまだ姿を現さない湊を心配していると、

菜月に気付いた後輩の松野が駆け寄ってくる。

「横井さ〜ん。おはようございます」

「おはよう松野くん」

「今日締め切りの案件で相談したい事が」

「いいよ、どんな事？」

そう言って資料を渡してきた松野と仕事の話をしていると、付近のデスクから鞄を強く置くような音が聞こえてきて、菜月と松野は顔を向ける。

するとそこには、出勤して間もないはずの湊が既に疲れた様子で自分のデスク前に立っていた。

「お、おはよう桜木くん」

「……おはようございます」

「どうしたの？」

菜月が問いかけると、無言で見つめてくるのでつい胸が高鳴ってしまったが、すぐに視線を逸らした湊は向かいに座る山田に声をかける。

「俺の昔の写真、拡散してますよね」

「え？　同期にしか送ってませんよ～」

　笑顔で答える山田に困り果ててため息をつく湊は、ここに来るまでの間、色々な人に声をかけられていた。

　根暗で無口の冴えない男から一転〝本当はイケメンの桜木〟と認識され、男女問わず『写真見たよ』と構われて時間をロスした結果、ようやく今、部署に到着したという訳だ。

　業務前にもかかわらず疲れた様子に見えたのは、そんな理由があったから。

「とにかく、写真は削除して」

「え～嫌ですよ。友達には毎日イケメン先輩と一緒に仕事してるって、自慢したんですから」

　湊の存在は既に山田の中で仕事のモチベーションとなったらしく、写真の削除を断ってきた。

　こうして厄介な後輩に知られた湊の素顔は、あっという間に社内に広まった。

　これが、吉と出るか凶と出るか。

　菜月の胸を騒つかせる日々の、はじまりでもあった。

第七章　相応しいのは

その日の昼休みは恵を誘い、会社の近所にある昔ながらの雰囲気漂う洋食屋さんにやってきた。

先週末の出来事と新たな悩みを話そうと思っていたら、先に話題を切り出したのは恵の方だった。

「これが例のセフレ後輩？」

「な、なんで恵のところにもそれが……？」

大学時代のイケメン湊の写真が表示されたスマホ画面を突き出して、目を輝かせてきた恵に菜月は驚きを隠せずにいた。

他部署の恵までもがその写真を持っている事に、社内の拡散力があまりにも早くて、恐ろしくなる。

「後輩がグループメッセージで送ってきたのよ。んで、企画部の人だっていうから、ひょっとしてと思って」

「うちのチームの後輩が、無断で写真広めちゃって。桜木くんは嫌がってるから消してあげて」

「わかったわ、最近はすぐ広まるから怖いわね〜」

そう言って写真を削除した恵は、スマホをテーブルに伏せて頬杖をついた。

「でもこれから大変だ、その桜木くん」

「え？」

「〝隠れイケメン現る〟って女子に目つけられてるわよ。うちの部署でも一目見たいとか、飲み会したいとか騒いでたし」

「そ、そんなに？」

恵の言葉に少し焦りを覚えた菜月は、コップに入った水を一気に飲み干して一息つくと、先週何気なく湊にかけた言葉を反省する。

「桜木くんに、髪型変えて出勤したら？って提案した事があるの」

「ふーん？」

「そしたら絶対モテるよって」

あの時の菜月は、お酒も入り気分が良くなっていた事で、思ったままを口にしてしまった。

目の前に座る湊が、普段と全然雰囲気の違う別人のようで。でも中身はやっぱり頼れる後輩だった事のギャップがまた、魅力的に見えた。

だから職場で勝手に抱かれていた、根暗で無口なマイナスイメージを少しでも変えられたらと思ったのだが。

「でも、今こうして桜木くんの素顔が広まって、女子達の関心を集めてるって聞くと……」

「なになに妬いちゃう？」

「ふ、複雑なのっ！」

「つたく、素直じゃないわねほんと」

まさかこんなに影響力があるとまでは考えていなかった菜月は、モテたくないと言っていた湊の気持ちとは逆の状況になっている事を心配する。

湊にとって更に居心地の悪い事にならなければ良いのだが。

口元に指を添えて考え込む菜月に、恵はようやく大事な事を思い出した。

「ところで菜月、話したい事あったんじゃないの？」

「え？　あー、うん」

湊が一年も前から片想いしてくれていた事、菜月の男になるのを望んでいる事。

そして今、菜月がはっきりと気持ちを伝えていないが故に、セフレ継続なのか交際発展したのか不明であるという状況を包み隠さずに報告した。


午後の業務は、湊と進めるイベント企画書の作成を予定している。他部署も関わる案件の為、菜月はいつも以上に気合いを入れて取り組んでいた。

ところが昼休みにランチを共にした恵の言葉が、ふと脳裏をよぎってしまう。

『それはもう、菜月から桜木くんにハッキリ言うしかないじゃん』

菜月が湊とどうなりたいのか、それ次第でどうにでもなれる。

きっと湊は、どんな形であれ菜月を独占できればセフレでも恋人でもどちらでも受け入れるだろう。

それが恵の見解だった。

(どういう事？　普通、両想いなら交際なんじゃないの？　セフレもありなの？)

今までこんな悩みを抱えた事がなかった菜月には、理解できない事も多い。

湊は、菜月とどうなりたいと考えているのか。

それを知る為にも、一度二人で話せる場を作らなければいけないと思った、その時。

プルルル、プルルル。

菜月のデスクに置かれた社内電話に内線通話がかかってきた。

「はい、企画部横井です」

『お疲れ様です、営業部の風間です』

「お、お疲れ様です！」

電話をかけてきたのはイベント企画を一緒に取り組む、営業部のエースで甘いマスクの風間だった。

風間がかけてきた初めての内線通話に少し緊張した菜月は、受話器を両手で丁寧に持ち姿勢を正す。

『突然すみません。企画書について一部、変更して欲しい箇所があって』

「そうですか、わかりました」

『説明もしたかったので会議室を押さえたんですが、来れますか？』

「大丈夫ですよ、どちらの会議室ですか？」

そうして電話を終えた菜月は受話器を置くと、ノートパソコンを準備して立ち上がり湊に声をかけた。

「桜木くん、イベントの企画書で一部変更が出るみたいなの」

「わかりました」

「今から会議室で風間さんと打ち合わせてくるから、一旦待機で」

「え？」

菜月の言葉に一度は理解を示すも、風間との打ち合わせに一人で向かおうとしている事に不満の表情を浮かべた湊。

すると突然立ち上がり、手際良く打ち合わせの準備をはじめた。

「俺も行きます」

「へ？　でも簡単な打ち合わせだから、私一人でも……」

「無理です」

「はい!?」

そうして一人企画部のフロアを出ていく湊を止められなかった菜月は、他の後輩達に席を外す事を告げて慌てて後を追った。

「ちょ、桜木くん待って」

やっと追いついた菜月に対して、既にエレベーター前で待機していた湊がムスッとした顔を向けた時、無人のエレベーターが到着した。

「どうして俺を置いていこうとしたんですか」

「それは、桜木くんも他の業務あるし、打ち合わせは一人で充分かなって……」

「わかってないです、横井さんは」

「?」

拗ねたように言う湊は、エレベーターに乗り込んだ後も機嫌を損ねたままだった。

頭の上にハテナを浮かべた菜月は、会議室のある階ボタンを押しながらその原因を考えた。

除け者扱いされたと勘違いしている?

それとも今回のイベント企画に、すごく意気込んでいる?

ノートパソコンを両手で抱えながら首を傾げ続ける菜月に、痺れを切らした湊が声をかけた。

「あの風間さんと横井さんを、二人きりにするのは無理なんです」

「どういう事？　仕事なんだからしょうがないでしょ」

「それより……」

そう言って菜月のすぐ傍に立った湊は、ノートパソコンを持たない方の腕で菜月を優しく抱き締める。

「俺と横井さんだけの時間を、一秒でも逃したくないから」

「っ‼」

一瞬、仕事中を理由に突き放そうとしたが、不覚にもときめいてしまった菜月はそのまま立ち尽くすしかなかった。

（もしかして……ヤキモチだった？）

きっと湊がこんな事を言ってしまうのは、今の自分がハッキリと気持ちを伝えていないせいだと、菜月は考えた。

一年も一緒に仕事をしていたのに、湊の想いに全く気付いてあげられなかった。

そんな菜月の無自覚は、彼の自信を喪失させてしまったのかもしれない。

しかし現状、体の関係をはじめてからというもの、湊を前にすると胸の奥が締め付けられたり、仕事中だというのに、その肌に少しだけでも触れたりしたくなる。

これは、紛れもなく菜月が湊に惹かれている証拠で、さすがの本人もそれを自覚しはじめている。

現段階として何か明確な言葉で二人の関係を示せたなら、湊も拗ねる事なく仕事ができるだろうに。

徐々に申し訳ない気持ちが溢れてきた菜月は、今すぐにでもその不安を取り除いてあげたいと、自分の気持ちを伝えるべく口を開いた。

「桜木くん、あのね……」

チン！

会議室の階に到着した音が鳴って、菜月は慌てて湊との距離をとった。

職場でこんな話はゆっくりできないし、落ち着かない。

「つ、着いたよ！　降りよう！」

「……はい」

やはり退勤後、二人きりの時間を用意して話すべきだと考え直した菜月は、湊と並んで通路を歩き会議室へと向かった。

コンコン

「失礼します」

会議室のドアをノックして菜月が扉を開けると、既に到着し席に座る風間を見つけた。

「横井さん、お忙しい中ありがとうございます」

「いえ、こちらこそご連絡ありがとうございました」

今日も爽やかな笑顔と優しく心地良い声で話す風間だったが、菜月の次に会議室へ入ってきた湊の姿に気が付いて、ほんの一瞬笑顔を解いた。

「あれ、今話題の桜木くんも来たんですね」

「……どうも」

口ぶり的に、どうやら風間にも湊の写真や話は届いているようで、菜月の時とは別の少し意地悪そうな笑みを向けてきた。

それを感じ取った湊だが、部署は違えど先輩にあたる風間に対しては苛立ちを堪え、静かに菜月の隣の席に着く。

「という事で、変更点は以上です」

「わかりました。こちらで少し練り直してから企画書の作成を進めます」

風間から説明を受けた菜月は、一部変更とはいえ内容を練り直す必要性を感じたので、ノートパソコンで期日までのスケジュールを少し書き替えていた。

すると、仕事の話を終えた風間が少し姿勢を崩し、湊に向かって雑談をはじめる。

「桜木くんはどうして、昔と雰囲気が変わったの？」

「……それは仕事と関係あります？」

「ないよ、単なる俺の興味本位」

頬杖をついて笑顔で質問した風間に対し、冷静にしつつも不快そうに会話をする湊。

その二人の様子に気付いた菜月は、キーボードを打ちながら内心ヒヤヒヤしていた。

「何となく桜木くんの気持ち、わかるような気がするんだよな」

「は？」

「ほら、俺もイケメンの部類だからさ。だよね、横井さん」

「え!?」

突然話を振られて慌てて頷いた菜月。

確かに風間も湊も、周りからカッコいいと言われてきたと予想するのは簡単なくらい、顔が整っているから。

「まあ顔が良くても、いい事ばかりじゃないし」

「そ、そうなんですか？」

「もちろん。だから桜木くんも、きっとそうなのかなと思ってね」

そう言ってじっと見つめてくる風間に対し、湊は少しだけ目を合わせるとすぐに視線を逸らしてノートパソコンを閉じた。

否定をしないのは、風間の言う通りいい事ばかりではなかったということだろうか。

自分の知らない湊がまだまだたくさんいるんだと、少しだけ寂しさを覚えた菜月に、席を立った湊が声をかけた。

「横井さん、戻りましょう」

「あ、うん」

ノートパソコンを閉じた菜月がゆっくり席を立ち上がると、それに合わせて含み笑いを浮かべた風間も退室準備をはじめる。

「では次回の会議までに企画書、完成させますので」

「はい、よろしくお願いします」

「お先に失礼します……」

そうして一礼すると、菜月は音を立てないよう丁寧に扉を閉めて、退出。

ふぅっと一息つき気分を切り替えて振り向くと、またしても湊は先に歩みを進めていた。

(……はぁ、まったく)

普段から全ての人に素っ気なく一定の距離を保っている湊だが、風間に対してはより一層その態度が際立っている気がする。そう感じた菜月は心をモヤモヤさせながら湊の後を追う。

エレベーターの乗降口前に立つ湊の隣に、無言で並んだ菜月。

なかなかこないエレベーターを待っている間、周りに誰もいないのを確認して声をかけた。

「あまり、こんな事言いたくないけど。風間さんに、あの態度は良くないんじゃない？」

「じゃあ先輩だからって、後輩に何聞いてもいいんですか」

「そ、それは……風間さんは桜木くんを心配して」

すると前を見据えていた湊が沈黙したまま真剣な眼差しを向けてきたので、つい言葉を詰まらせる。

しかし菜月の良かれと思った気遣いは、湊にとっては触れて欲しくない部分だったようで。

「大きなお世話ですよ」

「ちょ、どうしてすぐそう」

「横井さんは、風間さんの肩持つんですね」

声のトーンが落ち、瞳は伏し目になる。菜月は、湊が段々と不機嫌になっていくのがわかった。

しかし自身が惹かれつつある彼の、謎に包まれた部分が気になって仕方ない菜月は、この空気の中でつい尋ねてしまう。

「……じゃあ反論しなかったのは、風間さんの言う通り過去に何かあったからなのね？」

今のは、明らかな誘導尋問。

そうわかっていても、風間の一言を借りて菜月が考えもつかないような湊の事情に少しだけ触れられるような気がしたから。

まだまだ知らない事がたくさんあるであろう湊を、理解したいと思ったから。

「横井さんには関係ありません」

チン！

湊の冷たい返事に合わせたように、エレベーターがやっと到着した。

先に乗り込んだ湊が企画部のある階ボタンを押して、俯く菜月が乗り込むのを待つも。その足はピクリとも前に出てこない。

菜月のノートパソコンを持つ手に、ギュッと力が入った。

「あ、そう。よくわかったわ」

「え……」

「この前は私だけが桜木くんの全部を知っていればいいなんて言ってたくせに、もう関係ないのね」

そう言い放って湊をキッと睨んだ菜月は、エレベーターには乗らずにその場を離れて行ってしまった。

「ちょ、横井さっ……」

遠ざかる背中を目で追うも扉は自動的に閉じられ、湊のみを乗せたエレベーターは企画部のある階へと向かう。

微かな機械音しか聞こえない中、壁にもたれ掛かった湊は大きなため息をつくと、唇を噛んで表情を歪めた。

風間の思考の鋭さと大人な余裕、菜月への接近も含めてますます警戒心が高まるが……。

それよりも今は。

「ガキすぎ……」

やっと近づいたと思った菜月の心が、嫉妬に駆られた自分の言葉一つで離れてしまった事に深く後悔する。

一方エレベーターに乗る事を拒否した菜月は今、ノートパソコンを抱えて非常階段をゆっくり上がっているところだった。

企画部のフロアまではまだ時間がかかりそうだが不思議と疲労を感じないのは、考え事に集中していたから。

「はあ……あの日の出来事はどうやら夢だったみたい」

先週末の甘い時間や言葉とは打って変わって、現在の冷ややかなこの状況。

この落差の激しさが菜月を現実逃避させようとしていたが、決してこれは夢ではなくて。

あの日の湊も、先ほどの湊も紛れもなく同じ人物であるから余計に腹が立つ。

(それもそうか。私はまだ……)

恋人でもないのに余計な事を言いすぎたと反省した菜月は、きっと湊が不機嫌になったのもそういう事なんだと理解した。

一気に近くなりすぎて距離感を間違えてしまったのなら、もう一度立ち止まって元の位置に戻していくしかない。

そう決心するもさっきから胸の奥が連続的に痛み、気を緩めると目頭がジンと熱を持つのでその度足を止めた。

そして脳内を空にするよう努めて気持ちを切り替えた後、再び階段を上がっていく。

退勤時間を過ぎても、菜月と湊は変更箇所の対応で残業していた。

あれから仕事上の会話を簡潔に交わすだけで、雑談はなく黙々と作業をこなしていたが。

（……うーん）

この感じは、何事もなかった以前に戻ったよう。このまま慣れていくんだろうかと菜月は少し失墜感を覚えたが、同時に仕方ないとも考えていた。

「横井さんお疲れ様でーす」

「お疲れ様」

同じく残業していた他のチームが次々と退勤していき、気付けば菜月と湊の二人きりとなったフロア。

タイピング音だけが鳴り響く中、すっと立ち上がった湊は資料を持って菜月のデスクにやってきた。

「頼まれていた直しの集計データです」

「……ありがとう」

資料を受け取り目を通す菜月だったが、立ち去らない湊に気付いて再度顔を上げる。

「何？」

「……昼間の事ですけど」

まさかこのタイミングで、湊から話題に出してくるとは思っていなかった。しかし油断はしていたものの、菜月はきちんと言葉を用意していた。

「あれは私が余計だったわ。ごめんなさい」

「え？」

「もう桜木くんのプライベートな事は聞かないから、安心して」

思っていた事を伝えてキーボードを打ちはじめた菜月に対し、不服とした湊が作業するその手を取り、無理矢理中断させる。

この話題は、自分が謝る事で解決すると思っていた菜月。

しかし掴まれた手からは不穏な空気を感知し、続いて絞り出すような湊の声が聞こえてきた。

「……なんで」

「さ、桜木くん？」

「何でそうなるんですかっ!?」

いつもより大きくハッキリした声に驚いて、びくりと体が強張った菜月の瞳に映るのは、哀しそうに顔を歪めた湊だった。

関係ないと言い放った割には、菜月の〝プライベート聞かない宣言〟にショックを受けている様子で菜月はますます混乱する。

「え？　だって、桜木くんが」

「俺はただ……っ」

勝手なライバル心と嫉妬を抱いて、思ってもいない事を口走ったと謝りたかっただけ。

こんなくだらない事で、菜月との仲を壊したくなかった。

しかし誤解を解く間もなく、突然企画部の扉が開いて姿を現したのは、出先から会社に戻ってきたばかりの営業部・風間だった。

「やっぱり、明かりがついてたから横井さん達だと思いましたよ」

「っ風間さん!?」

「遅くまでお疲れ様です」

コンビニの透明袋を片手に微笑みながらフロアに入ってきた風間に気付いた菜月は、見られてはマズイと思って掴まれていた湊の手を振り払い立ち上がった。

(……ちっ)

湊はというと、元凶とも言える風間の存在がまたしても邪魔をしてきたので、心の中で舌打ちをする。

少し慌てた様子と気まずいような表情の菜月とは対照的に、明らかに不機嫌な顔を向けてくる湊。それに気付いていた風間だったが、お構いなしに二人との距離を縮めた。

「どうぞ、差し入れ持ってきました」

「え!?」

コンビニの袋を差し出された菜月が中を覗（のぞ）くと、そこには栄養ドリンクや炭酸飲料の他、軽食や眠気覚ましのキシリトールガムなども入っていた。

「こんなにたくさん……」

「お二人の好みがわからなかったので、選べるようたくさん買っちゃいました」

営業部も忙しいはずなのに企画部への気遣いまでしてもらい、風間への眼差しが徐々に尊敬に変わっていく菜月。

そして今は、恵が心配していた風間の〝黒い部分〟の存在を完全に忘れていた。

「わざわざ、ありがとうございます」

「いえ、急な変更をお願いしたのはこちらなので、せめてこれくらいは」

「今、会社に戻られたんですか？」

「はい、外で打ち合わせがあって……」

菜月と風間の二人で会話が弾んでいる中、複雑な心境の湊は静かに自席へと戻って作業を再開した。

和やかな雰囲気と、自然と笑みを浮かべて嬉しそうに話す菜月の姿を見せられて、歯を食いしばる事しかできなかった。

「無理だけはしないで、期日に間に合わないようでしたらいつでも相談してくださいね」

「ありがとうございます。今のところスケジュール通りに進めているので、引き続き頑張ります」

そんな頼もしい菜月に対して、ふふっと柔らかい笑みで返事をした風間は、噂通り甘いマスクという言葉がしっくりくる男性だった。

配慮、サポート、話し方。

先輩としても人としても全て完璧で、こんな風に自分もなれたらと菜月の心を動かす。

「じゃあそろそろ戻ります。桜木くんには歓迎されてないようなので」

「え？」

風間との会話に夢中になっていた菜月が湊に視線を移すと、パソコン画面を睨みながら乱暴なタイピング音を響かせていた。

昼間の指摘は全く理解されていなかったようで、湊の風間に対する態度は相変わらず冷ややかだ。

そんな後輩の行いを、菜月は先輩として詫びる事しかできなかった。

「本当にすみません……」

「いや、桜木くんは賢いんですよ」

「へ？」

そう言って仕事を進める湊に近づいていく風間は、悪い笑みを浮かべて心を揺さぶるような言葉をかける。

「桜木くんの読み通り、俺は横井さんを口説きたいと思っているからね」

「か、風間さん!?」

突然の事に顔を真っ赤にして驚く菜月だったが、その言葉を聞いて顔を上げた湊も、菜月本人を前に気持ちを暴露した風間も、妙に落ち着いた状態で対峙していた。

湊は最初から風間の下心に気付いていたから、失礼な態度をとっていたんだ。そのことをようやく理解した菜月は、胸の奥でキュッと音を鳴らす。

「でも君は横井さんの恋人ではないんだから、止める権利はないよ？」

「……何が言いたいんですか」

「邪魔しないでね、桜木くん」

椅子に座る湊を見下ろし、挑発的な台詞を吐いた風間は、何だか楽しそうな表情をしていた。

湊の真っ直ぐで純粋な想いをどうやっていじめてやろうか、そんな企(たくら)みさえも感じるほどに。

「横井さんに相応(ふさわ)しいのは、君じゃない」

「……っ」

そして風間を止める権利が湊にはないと知りつつも、わざわざ湊の前で宣戦布告をしたのは何故なのか。

黒い本性を解放した、風間のはじまりだった。

第八章　遠ざかる

次の日の朝。

まだ誰も来ない時間を狙って早めに出勤をしていた菜月は、パソコンの電源を入れ怠そうな様子で自席に座った。

「……はあ」

重たいため息をつくと、昨日の残業中に起こった出来事はきっと風間の冗談と、湊の勘違いが招いたものだと思い込むことにする。

二人の間にバチバチと火花が飛んだ後、風間は何事もなかったように立ち去り、湊は怒りからか差し入れには一切手をつけず不機嫌そうに仕事を続けていた。

そして菜月はというと、直前の出来事が脳内を支配していた為、全く仕事が進まなかった。

だから今日は昨日の遅れを取り戻そうと、普段よりも早く出勤したという訳だ。

しかしパソコンが立ち上がるまでの何もしない待ち時間、菜月はどうしても思い出してしまう。

『何でそうなるんですかっ!?』

『俺はただ……っ』

あの時、湊は何を言おうとしたのか。

いつもより焦ったような大きい声と哀しそうな表情が忘れられなくて、昨晩はよく眠れなかった。

湊があの続きを話してくれる日がくるのかさえも今は不明だが、嘘か本当かわからない風間の宣戦布告を機に、何か良からぬ問題が勃発しそうで落ち着かない。

「風間さんも、なんで突然あんな事……」

黙っていても自然と女性が寄ってくる風間が、わざわざ菜月を口説こうとしているなんて信じ難い。

その上、何故湊の目の前であんな宣言をしたのかも疑問だった。

仮に風間が本当に菜月へ好意があったとして、傍から見ればただの後輩である湊に聞かせる必要はないはずなのに。

「もしかして何か、勘付かれてる……？」

ただの先輩後輩を装っているつもりだったが、完璧に隠せているかと問われると不安になる。

自分の気付かないところで、ふと気が抜けた時に湊への想いが表情に出ていたのかもしれない。

そう考えた菜月は湊を好きである事を自覚している今、その感情を表に出さないよう気をつける事を心に誓った。

それにしても。

「仕事が忙しい時に限って、私情問題をいくつも抱えるなんて……」

湊との微妙な距離関係とすれ違い。

そして謎の宣言を残した風間。

今までに経験した事のない悩みを抱えた菜月が力なく頬杖をついた時、ようやくパソコンが立ち上がった。菜月はここで大きく深呼吸をする。

「今は企画書を無事完成させるのが優先。考えるのはその後よ……」

これ以上、進捗状況を遅らせる訳にはいかない。

そう自分に言い聞かせて無理矢理仕事スイッチを入れた菜月は、キーボードに指をのせて作業を開始する。


「おはようございます」

「おはよう」

就業時間が近づいて続々と社員達が出勤すると、静かだった企画部のフロアが賑やかになってくる。

それまでの間に集中力を切らさず作業を進められた菜月は、背筋を真っ直ぐにすると天井に向けて両腕を伸ばした。

「んーっ、ちょっと休憩するかな！」

飲み物でも買ってこようと席を立った時、フロアに入ってきた男性社員の姿に気付き、挨拶しようと視線を向けた時。

「っ……!?」

驚きのあまり目を丸くして全ての身動きを止める菜月は、あの夜の情事を思い出して心臓がドクドクと熱く脈打ちはじめた。

(な、なんで……)

何故なら菜月に向かって歩いてくるのは、先日ホテルの最上階にあるレストランで食事をした時と同じ髪型、同じ雰囲気を纏う〝整えた〟湊だったから。

「おはようございます」

「……お、はよ……?」

今までの会社での様子とは外見が別人のようにガラリと変わった湊が、目の前に。しかし声のトーンと無愛想は相変わらずで、何事もないように自分のデスクへ鞄を置き静かに座った。

赤く染まった頬を隠す為、一旦顔を背けた菜月は、胸を押さえて落ち着こうと必死になる。

するとそこへ、後輩の松野と山田が揃って出勤してきた。

「おはようございま……!?」

「あ！　桜木さんが超絶イケメン仕様になってる!?」

「……山田が勝手に写真拡散したせいだよ、絶対」

お気楽な感想に加えて嬉しそうな笑みを浮かべる山田と、そんな彼女を小声で叱る松野。

湊の突然の変貌ぶりは、同じチームの菜月や後輩達のみならず、部署のみんなをざわつかせて確実に注目の的だった。

「おい、あれ桜木か?」

「うそ!? 画像より実物の方が断然カッコいい～!」

「もしかして、これから毎日あのお姿で出勤してくれるのかな!?」

レストランで菜月が勧めたせい? それとも山田の写真拡散のせい?

もしくは、一方的に宣言してきた風間に触発されたせい?

何故急にこの姿で会社に来る事を決意したのか、その真意は湊にしかわからない。

しかし、毎日こんなに眩しくて完璧な顔を向けてくる湊と一緒に仕事をするなんて。予想以上に心臓が慌ただしく働いている事を思うと、今後集中力が低下しないか不安になる。

ついさっき、湊への感情を表に出さないよう気をつけると誓ったばかりなのに、視界に入ってくる情報は断片的にあの夜を思い出させる。

その骨ばった指が、優しい唇が、自分の体のどこに触れたのかも鮮明に蘇ってしまうほどに。

「横井さん、熱でもあるんじゃ」

「え!?」

「顔赤いですよ、体調大丈夫ですか？」

松野にそう声をかけられて、未だに自分の顔が火照っているのだと自覚した菜月は、咄嗟に頬を両手で包み込んだ。

「水分不足かもッ、飲み物買ってくる！」

「あ、はい……」

パタパタと足早にフロアを出ていく菜月の背中を、山田と松野が見送る。

「ふふ、桜木さんの生のカッコ良さに驚いて、赤くなったのかもよ？」

「山田っ！　すぐそうやって先輩いじるのやめろ」

顎に手を添えてニヤリと笑う山田をまたしても松野が冷静に叱るが、毎回効果がない事も知っている。

くるりと振り返った山田は、更に湊にもそんな調子で話しかけた。

「桜木さん絶対こっちの方がいいですよ！　人気も出るし、向かいに座る私も目の保養になります～」

「……相応しくなる為だから」

「え？　なんて？」

「それより二人とも、そろそろ仕事の準備はじめてください」

聞き直す山田をスルーした湊は後輩二人を席に着くよう促すと、菜月のいない席を何か考えるように見つめていた。

『横井さんに相応しいのは、君じゃない』

別部署でよく知らない先輩社員に言われる筋合いはないのに、昨日風間に言われた言葉がやけに頭に残って忘れられない。

菜月に好意を寄せているという事に勘付かれたのか、それとも今一番菜月に近い人物として念押しされたのか。

いずれにしても、向こうから宣戦布告されたということは、こちらも真っ向から勝負できるという事。

しかし今は。

（早く誤解を解いて、横井さんに謝らないと……）

この曖昧な関係の状態で、菜月と自分の間に風間を割り込ませるのは、良い事ではないと理解している。

ただ、今すぐに菜月との関係をハッキリさせるのは難しそうなので、せめて風間が好き勝手に菜月へ接近しないようにする必要がある。

（過去の自分の姿が会社で知れ渡ったなら、もう隠す意味もない……）

湊の突然の変貌は風間への対抗心と圧力、そして菜月に相応しい存在となる為の決意の表れ。

どれだけ風間に邪魔されようと、何を言われても。

絶対に手を引く事はないと神に誓って言える湊は、パソコンの電源を入れると朝礼前にもかかわらず、すぐに企画書の作成に取り掛かった。

あれから一週間が経ち、例の企画書期限を二日後に控えた企画部内では、どのような現象が起こっているかというと。

「桜木くんおはよう〜！」

「桜木先輩、お菓子どうぞ！」

「桜木さん、一緒にランチ行きませんかー？」

突然舞い降りてきたイケメン社員に、女性社員達が手のひらを返したような態度で接していた。

まるで愛嬌と笑顔を武器に、少しでも湊に気に入られようという下心が見え見えな人ばかり。

そんな女性社員達を前に、湊の対応は作り笑顔を浮かべつつも常に冷静で、誘いには一切のることがなかった。

「ランチは一人って決めてるんです、すみません」

「そうなんですか〜残念。でも誰かと食べたくなったら、いつでも声かけてくださいね！」

「はい、ありがとうございます」

控えめに微笑んで返事をした湊に、女性社員は頬を赤く染めてときめいたような表情になると、満足げに立ち去っていく。

そのやり取りを自席からひっそりと眺めていた菜月は、面白くなさそうに目を細めた。

(何が『はい』よ。一緒に食べる気なんてないくせにっ)

今までの湊なら、女性社員達の色目やお誘いにはハッキリと断りを入れそうなのに。意外にも有耶無耶にしたり、相手を気遣うような断りの返事をしたりする事が多い。

それでは女の子が勘違いして、次を期待する可能性がある。そんな乙女心が何となくわかっていた菜月は、少しの心配と多大な苛立ちを覚える。

(ま、私もハッキリしてないから何も言えないか……)

〝整えた〟湊にも大きく動じずに、接する事ができるようになってきた今日この頃。

しかし二人の間では相変わらず業務の会話しかしていないし、プライベートなメールや電話ももちろんない。

おまけに日頃の業務と並行してイベントの企画書作成に忙しく、残業続きで余裕がないのも事実。

このままでは本当に何事もなかった日々に戻ってしまう。いや、もう既に戻っている……？

そんな風に考えていると、いつの間にかランチへと出かけたらしい湊の姿はもうなく、後輩の山田や松野が離席しようとしていたところだった。

「やっとランチ〜！」

「昼飯行ってきます」

「はい、行ってらっしゃい」

松野が一言告げてランチへと出かけていくのを見送った菜月は、パソコン画面を見つめながらマウスをカチカチと鳴らす。

期日までに何としても企画書を完成させないと、湊との時間は作れない。

でもそのせいで記憶も関係も薄れていき、今更振り返るほどの事なのかさえもわからなくなっている。

以前よりも色んな人に話しかけられて交流の場面が増えた湊の姿を見ていると、彼にとって新しい出会いや恋がすぐそこまできているんじゃないかとも考えてしまっていて。

（……タイプの子とか見つかったりして？）

だとしたら、湊との時間を作る為に菜月が誘いのメールをした日には。

『もういいです。他に、相手してくれる女性を見つけたので』

勝手な妄想ではあるが、そんな展開も充分にありえる。菜月はそれほどまでに湊の気持ちがわからなくなり、真実を知るのが恐怖となっていた。

余計な雑念を払うように軽食用のゼリー飲料を握り潰して飲み干すと、菜月は昼休みを返上して企画書の作成を進める。


そうして迎えた、企画書締め切り当日。

何とかスケジュール通りに作業を進めた菜月はノートパソコンを持ち、湊は参加人数分の完成した企画書を抱えている。

そして予定していた夕方の会議に向かう為、エレベーターに乗り込んだ。

「無事完成して良かった。桜木くんも色々ありがとうね」

「いえ、勉強にもなりましたし、参加できて良かったですよ」

先輩と後輩の何気ない会話。

会社ではこの関係を保つべきと頭ではわかっている。しかし微笑む湊を直視すると心臓が反応してしまう菜月は、どこか物足りなさを感じていた。

でも仕方ない。

正直な気持ちを伝え損ねたのも、湊を不愉快にさせたのも自分なのだから。

「桜木くん、今日まで本当にお疲れ様」

エレベーターが到着すると、控えめに微笑んだ菜月が先に降りた。

少し遅れて湊が続いて降りるも、表情に影が落ちる菜月が気になったので、その背に向けて声をかける。

「……横井さん、あの」

「お！　桜木くん久しぶり」

まるでタイミングを見計らったかのように、隣のエレベーターから降りてきた風間に遮られ、続きの言葉を飲み込んだ湊。

怒りを鎮めるのが精一杯だったが、心の中ではますます風間を嫌いになった。

「……お疲れ様です」

「あれ？　元気ないね。以前の生意気な態度はどこへ」

挑発するように湊に話しかけたところで、先に歩いていた菜月が風間に気付き慌てて駆け寄ってくる。

「か、風間さん！　お疲れ様です」

「ああ横井さん、企画書完成ご苦労様でした」

「風間さんも、色々サポートありがとうございます」

笑顔で受け答えする菜月だったが、僅かな顔色の異変を気にかけた風間はその頬にそっと手を伸ばす。

「疲れてますね、ちゃんと寝れてますか？」

「え!?　だだ大丈夫です！」

指先が頬に触れてきて驚いた菜月は、一歩後ろに下がって顔を赤くさせた。

ここのところずっと湊の事ばかり考えていたが、先日に風間が言っていた〝菜月を口説く宣言〟を不意に思い出す。

優しく温かい眼差しを向けてくる風間は、あの日の言葉を今でも本気で実行するつもりなんだろうか。

「なら良かった。無理はしないでくださいね」

真意は定かではないが、にこりと微笑む風間に、警戒していた菜月の心が癒しの魔法にでもかかったように安らいだのは何故だろう。

湊との件に加えて、大きな仕事を任されたプレッシャーが重なりここ数日熟睡というものをしていなかった。

思っていた以上に心も体も疲弊していた菜月にとって、風間の気遣いの言葉はストレートに心へと響いたらしい。

「……ご心配ありがとうございます」

緊張の解れた菜月がお礼を言うと、風間はその肩に手を置いて突然、耳打ちをする。

「恋人にしてくれたら、もっと優しくなりますからね？」

「ッ!!」

会社の通路で、しかも湊の見ている前でそんな発言をしてきた風間は、蕩けるような甘い笑みを菜月に向け、自信に満ちたオーラを放ちながら先に会議室へ歩いていった。

その一部始終を目の前で見せられた湊は、もちろん心穏やかではいられなかったが。

不意をつかれて頬を赤くする、隙だらけの菜月にも少しだけ苛立ちを覚えていた。

「では、この企画書通りにイベント準備に取り掛かります。納品や設営などのスケジュール管理、各部署の皆さんよろしくお願いします」

会議室で皆の視線を集める風間が一礼すると、着席している各部署の担当社員達も応えるように頭を下げた。

これで会議は終了かと思っていた時、風間の隣に座っていた同じ営業部の女性社員が起立する。

「営業部の三國(みくに)です。このイベント企画を成功させる為にも皆さんとの仲を深めたいと思い、突然ではありますが今夜親睦会を開こうと思います」

ショートボブが似合いハキハキと自信に満ち溢れたように話す三國は、煌(きら)めきを放つ笑顔で親睦会の案内をはじめた。

突然の事で室内がざわつくも、多くの男性社員は三國の明るさと可愛らしい顔立ちに見惚れる者ばかりで、自然と顔が緩んでいる。

「もちろん飲み代は会社持ちです。途中参加も可能なので、皆さん是非お越しください」

続けて集合場所のお店と開始時間を知らされると、会議に参加していた各部署の社員達は。

「行きたい行きたい〜！」

「タダ酒なら絶対参加だろ」

「あの三國って子も来るんだよな？」

「美人と可愛いを兼ね備えている……スキ」

そんな会話をしながら、親睦会への参加を楽しみに会議室を退出していった。

一気に士気が高まったように感じた菜月は、イベントの成功を祈り持参のノートパソコンを閉じて席を立つ。

「私達も戻ろうか」

「はい」

隣に座る湊に声をかけて、椅子を整え立ち去ろうとした時、三國が颯爽（さっそう）と近づいてきた。

「企画部の方々も、今夜是非いらしてくださいね！」

「え、でも私達が関わるのは今日までなので、あとは皆さんに……」

指示通りの企画書作成と完成が今回の仕事内容だった為、今後のイベント準備や会議には参加予定のない企画部。

しかしそんな菜月と湊に声をかけてきた三國は、若さと人懐っこさを活かし大きな瞳を輝かせて言葉を続けた。

「期日通りに企画書を完成させてくださいましたし、お二人のお疲れ様会も兼ねてますから！」

「え？」

すると三國は菜月に向けていた視線を、怠そうによそ見をしている湊へチラリと移した。

その瞳は何気なく向けたものではなく、明らかに湊に興味を持っていた。けれどその事に、菜月は気付く余地もなかった。

「他部署と交流する機会なんて頻繁にあるものでもないですし、私も企画部の方とお話ししたいので！」

「わ、わかりました……」

三國の積極的な誘いとキラキラした眼差しに根負けした菜月は、今夜の親睦会への参加を約束すると湊を従えて会議室を退室する。

静かに扉を閉め、疲れの混じったため息をつきながら歩き出した菜月を、心配そうに見つめる湊。

「勝手に返事してごめんね。親睦会は私一人で参加するから」

「え？」

「桜木くん、ここのところずっと残業続いてるから疲れてるでしょ？　私も少し挨拶して回ったらすぐ帰るし」

通路を並んで歩きながら申し訳ないように微笑んで見せた菜月だったが、その表情にはやはり疲れが見え隠れする。

自分の事より湊を気遣う菜月に対して、仕事に一生懸命すぎる先輩を尊敬はするがやはり放っておけない後輩の湊。

「俺より横井さんの方が疲れてますよ。顔に出てる」

「え、どの辺に……？」

「親睦会は無視してすぐ帰って休んでください」

菜月の体調はもちろん心配していた湊だが、親睦会とは名ばかりの風間がいる飲み会に菜月を一人で参加させる訳にもいかなかった。

そんな真の理由は伏せつつ不参加を促す湊の言葉に、少し考えた菜月が出した答えは。

「でも私達のお疲れ様会も兼ねてるって言われたら、企画部として参加しない訳にはいかないよ……」

「だったら俺も行きます」

菜月の真面目な性格上、三國のせっかくの厚意を無視できない事は想定内。湊はその気持ちを尊重する。

だから、せめて風間が菜月に近づかないようにと、監視も兼ねて共に参加する事を決めた。

「え、桜木くんも!?」

風間への対抗心を沸々と湧き上がらせた湊は、戸惑う菜月を残してスタスタと歩いていくとエレベーターの前で立ち止まりボタンを押す。

不機嫌そうに待つ湊の横顔を眺めながら、菜月はそれ以上何も言えずにいた。

お酒が苦手でない事は以前の飲み会でわかっていたが、大勢が集まる場や交流はあまり好きそうではないのも薄々勘付いていた。

(また私の勝手な判断で、無理に桜木くんを付き合わせる事になっちゃった……)

そう思い悩むと、湊にサービス残業をさせてしまった過去を思い出す。

罪悪感を抱く菜月は落ち込んだ足取りで後を追うと、タイミング良く到着した数人の社員が乗るエレベーターに、湊と並んで乗り込んだ。

企画書を完成させて、締め切り付きの大仕事を終えた菜月と湊。

しかし数日ぶりに定時で退勤する二人が向かう先は、親睦会の開催場所だった。

そこは何と、メディアでも多く取り上げられている、本場のイタリアン料理が楽しめる隠れ家レストラン。そんな素敵なお店を貸切にしているというのだが、肝心のお店がなかなか見つからない、今現在。

「あれ？　この辺だと思ったのに」

すっかり日が暮れた金曜日の街中を歩きながら、すぐ傍にある雑居ビルを見上げたり歩道沿いの看板を見回したりする菜月。

仕事や学業を終えて浮かれるサラリーマンや若者で賑わう道を、二人並んで歩いていたが。

「ごめん、もう一回調べてみるから」

隣の湊に声をかけて鞄の中からスマホを取り出そうとした時、正面から歩いて向かってくるのは派手な格好をした若い青年集団。

お喋り(しゃべ)に夢中の彼らが、立ち止まってスマホを操作する菜月に気付いていない様子を察した湊は、咄嗟にその肩を掴んで引き寄せた。

「ッ!?」

突然湊の首筋が視界に入ってきて胸の奥でドキリと音を鳴らすと、肩に置かれた手のひらの温もりがじんわりと肌に伝わってくる。

青年集団を避けようとした二人の体はそのまま路地へと引き込まれて、今まで歩いていた広い歩道から外れてしまう。

「急にすみません、ぶつかりそうだったんで」

「あ、ありがと……」

予想もしていなかった出来事に思わず頬を赤く染める菜月のすぐ横を、何も知らない青年集団がお喋りをしたまますれ違っていった。

それを見送った湊の手が、そっと菜月を放す。

（以前と変わらず、優しくしてくれるんだ……）

本当は、親睦会よりももっと優先したい事があった。

大仕事を無事終えて、ようやく湊と落ち着いて話せる時間を作れると思ったけれど、それはもう少し先になりそうで。

こうして触れ合った今も、菜月はどんな感情でいれば良いのか迷ってしまう。

仕事を理由にこの関係を明確にしないまま過ごしてきたから、一体湊が今どんな気持ちでいるのかを知るのが怖い。

でも、菜月自身の想いを伝えないままにしておくのもフェアじゃない気がするし。

何より、素直に気持ちを打ち明けてもしも喜んでくれたとしたら、その時の湊の表情を想像すると幸福感で満たされる。

そんな風に揺れ動く菜月が気恥ずかしそうに視線を逸らしていると、先に口を開いたのは湊だった。

「……横井さん、親睦会は途中で抜ける予定ですよね？」

「うん、挨拶して少し経ったら」

「その後、もし横井さんさえ良ければ……」

真っ直ぐに見つめてくる湊を前に、鼓動が徐々に速まってくるのがわかった。

もしかして湊も今の関係について、何か話したい事があるのではないか。

そう期待してしまうような話し出しに、菜月もすぐに賛同したいと考えていたその時。

「あ！　企画部のお二人見っけー！」

「十分遅刻だぞー！」

突然上機嫌な男女の声が辺りに響き渡り、菜月が慌てて顔を向ける。すると路地に入ってすぐの洋風な扉から、会議室で見た事のある社員が顔を出していた。

「す、すみません！　道に迷ってて」

「迷いますよねこの場所！　路地に入らないとわかりにくいんです」

さすが隠れ家レストラン！と言いながら温かく迎え入れてくれた社員達だったが、菜月と湊にとっては少しタイミングの悪い結果となり。

二人のその後を動かすはずの大事な会話は、ここでは有耶無耶に終わってしまった。

親睦会を抜けた後、湊はどうしようとしていたのか不明のままにされた菜月と、上手く事が運ばない苛立ちを我慢する湊が、少し遅れてようやく入店する。

いらっしゃいませ、と店員に声をかけられた矢先に、会議室で今回の親睦会を案内した三國が二人を出迎えにやってきた。

「横井さん桜木さん、ご参加ありがとうございます！　嬉しいです！」

「遅くなってすみません」

「いえいえ、乾杯はもうしちゃったんですけど、この後にも遅れて参加する方がいるので、気にしないでくださいね」

明るく気さくに話してくる三國に、菜月も自然と微笑んで対応していたが、湊は無言のまま軽く会釈するだけだった。

最近、見た目の雰囲気を変えて出勤するようになってからは、表情がよく見え微笑む場面もあったのに。

今はこの親睦会自体を疎（うと）ましく思っている事が全身から滲み出ていたので、不機嫌な湊が他部署の人とトラブルを起こさないかと菜月は少し心配になる。

（風間さんもいるだろうし。さっきも会話、中断しちゃったから余計に……）

なるべく湊からは目を離さないよう気にかけて、長居はせずに頃合いを見て連れ帰ろう。

そんな風に頭の中で予定を立てた菜月だったが、親睦会を仕切っている三國から座席の指示が出た。

「お店のフロア構造的に二つのグループに分かれて座る事になりますので、横井さんは右側のテーブル席へどうぞ！」

「わ、わかりました」

フロアの真ん中が壁で仕切られており、右に十人、左に十人とそれぞれテーブル席が分かれる形になっていた。

同じ部署ごとにまとまって座ると思っていた湊は、右側の席へと向かう菜月の後を何の疑いもなくついていこうとする。

その腕に突然、三國の細い腕が絡まってきた。

「桜木さんは左側のテーブル席です！」

「はあ？」

湊が不満の声を上げたことなど気にも留めず、強引に引っ張っていく上機嫌な三國。そのまま二人は壁の向こう側へと行ってしまい、菜月の視界からいなくなった。

「だ、大丈夫かな桜木くん」

結局、強制的に座席が離されてしまった菜月と湊。

仕方なく空いている席へと座った菜月だが、壁の向こう側に座る湊の様子を窺(うかが)う事ができない上に、隣には一体どんな人が座りどんな会話をするのかさえもわからない。

今までそのルックスを隠していて、今や注目を浴びるほどの姿に変貌を遂げた湊を、他部署の女性社員がこのまま放っておくはずがない。

例えば三國のような可愛く積極的な女性達に囲まれ、その若さと色気や愛嬌で迫られる可能性もある事に、今更ながら胸の中がざわざわしてくる。

そんな状況にますます、ここを早く抜け出さなくてはと危機感を覚えた時、菜月に優しく声をかけてきた人物がいた。

「お疲れ様です」

「お疲……風間さん！」

この親睦会に参加する上で湊が一番警戒していた風間が、よりによって湊の目の届かないところで菜月の隣の席に座っていた。

「隣に横井さんが来てくれるなんて、今日はいい日だなぁ」

「あ、あの、これは……」

たまたま席が空いていたところを適当に座っただけ……しかし、そんな事を言っては風間が気分を害さないかと菜月は心配する。

ただ、隣の席が風間だと事前に気付いていたら、例の〝口説く宣言〟の件も考えて、この席に座ることは避けていたのに。

菜月がそんな思考を巡らせて何と返事をするべきかと悩んでいると、風間は微笑みながら謝ってきた。

「はは、わかってますよ、偶然だって事は」

「あ……」

「ちょっと困らせちゃいましたね、すみません」

思考を全て見透かされていた事には驚いたが、風間の笑顔に何だかホッとした菜月は、ここで一つわかった事がある。

風間はこうして、人との心の距離を縮めていく人物なんだと。

営業で身につけたのか、それとも元々の性格なのかはわからない。良くも悪くも人の心の動かし方と読み取り方を知っている風間を、菜月はこんな形でまた尊敬する事になった。

実際、風間の宣戦布告の次の日に、湊は外見をガラリと変え本来の素顔で出勤する事を選んできた。

風間のように、自分にも湊の心を動かす技術と気持ちを読み取る力があれば、もう少し自信を持つ事ができたかもしれないのに。

(風間さんは、いつも大人な対応だ)

それに比べて自分は。湊の隣の席に女性が座る事さえも不安に思ってしまう菜月は、その余裕のなさに反省し表情を曇らせる。

元気のない菜月の様子に気付いた風間は、話題を変える為ごく自然にドリンクのメニュー表を差し出してきた。

「飲み放題です、注文までですよね？」

「あ、ありがとうございます」

メニュー表を受け取って目を通す菜月を眺めながら、風間は何かを考えて怪しい微笑みを浮かべる。

目の前の彼女は今、体力的にも精神的にも弱っている。それにより今日は自分に有利な何かが起こるだろう。そう予想してほくそ笑んでいるのだった。

第九章　去る者と笑う者

はじまりの乾杯は逃したものの、周りには気さくな人柄の社員が多く座っていたので、菜月はすぐに打ち解ける事ができた。

注文した一杯目のビールは半分以上飲んでおり、風間や周りの社員達を交えて後輩や仕事の不満について話し合っているところだった。

「うちの後輩達は残業したくないからって、難しい案件は絶対引き受けねーんだよぉ！」

「私の後輩は残業大好きだけどね。手当てつくからって、推しグッズ買う為に一生懸命働いてるわ」

「羨ましい！　交換して！」

菜月と同じく後輩を持つ中堅の社員達も、他部署とはいえ色んな悩みを抱えていた事が知れて少し安心する。

そんな親近感の湧く会話を聞いているだけでも、菜月は自然と楽しい気持ちになり、ついお酒が進んでしまった。

飲み干したグラスをテーブルに置いた菜月にいち早く気付いた風間が、店員に向かって手を挙げつつ菜月に声をかける。

「同じのでいいですか？」

「はい！　あっ……」

「すみません、生一つください」

「ありがとうございます」

菜月のお酒を注文した風間に、店員はかしこまりましたと言い残して立ち去っていく。

その遠ざかる背中を見つめながら、菜月は反省するような表情を浮かべていた。

今日の親睦会は、少し挨拶をしたら帰るつもりだったのに。話に夢中になってしまって、つい二杯目を注文する事になった。

（どうしよう、帰るタイミング……）

その場の楽しい雰囲気が、心地良くて。会話もお酒も自然と進む飲み会が、久しぶりで。

部署の飲み会はいつも歳の離れた上司に気を遣ってご機嫌を取り、後輩には煙たがられ、素直に楽しめてはいなかった。

しかし今はそんな思いをする事もなく気楽にしていられる反面、このままではいつまで経っても帰れないと悟る。

「……ちょっと失礼します」

そう言って席を立った菜月は、化粧室に行くフリをしてゆっくりと歩き出した。

二杯目を注文してしまっている事への謝罪と、それを飲んだら絶対に店を出るという強い意志を伝える為、壁の向こう側にいる湊のテーブルをこそっと覗いた時。

楽しげな会話の声が、やけにハッキリと菜月の耳に届いてきた。

「桜木くん意外とお酒強いんだね～」

「……飲まないとやってられない」

「いいぞもっと飲め～！　愚痴なら俺が聞いてやるぞー」

そこには、遠くのテーブル席に座ってビールを飲む、湊の姿があった。綺麗にメイクをしてお洒落な洋服を纏う女性社員や、歳の近いノリの良さそうな男性社員に取り囲まれている。

そして肝心の隣の席には、先ほど湊の腕に躊躇なく絡んでいった三國が非常に近い距離で座っていた。

（あ……）

思った以上に盛り上がっている若者社員のテーブル席。

しかしそれだけでなく、こういう場が苦手なはずの湊がお酒を飲みながら周りの社員達と上手くコミュニケーションをとっている。

心配していた状況とは真逆の雰囲気に、楽しそうで何よりと思う一方で、少し複雑な気持ちも抱いた菜月。

飲み会は人の心を解放的にする傾向があると思うから、もしもあのテーブル席の中に湊への興味を持つ女性がいたとしたら。

「桜木さんって、自分でこの髪セットしてるんですかー？」

（三國さん……!?）

聞こえてきた台詞と同時に、湊の髪に馴(な)れ馴れしく触れる三國の姿を見てしまい、心臓がぎゅっと縮む。

現実を避けるように背を向けると、菜月は胸を押さえたまま慌てて化粧室へと直行した。

離れた場所から菜月が見ていた事も、慌てて立ち去った事も知らない湊は、無断で髪に触れてきた三國に対し冷めた視線を送って呟いた。

「勝手に触らないでください」

「あ……ごめんなさい。髪ＮＧ？」

「全部ＮＧ」

「そ、そっか……ですよね」

湊の言葉は、先ほど三國が無断で腕に触れてきた行為への忠告も含んでいる。触れるのを許されていないという事は、心を許されていないのだとわかった三國は、傷ついた感情を必死に抑えて無理に笑ってみせた。

すると色々と察した周りの社員が、咄嗟に三國のフォローに入る。

「三國さん！　俺は全部ＯＫですから！」

「いやアンタじゃ三國さんが嫌でしょ」

「えっ⁉」

「あははは！」

そうして笑いが起き、全体の雰囲気を崩す事なくやり過ごせた。しかし三國は今までの人生の中で、触れるのさえもハッキリと拒絶された事などなかった。

そうして、初めてプライドを傷つけてきた只者（ただもの）ではない湊という存在に、ますます興味を持つ。

「桜木さん、最近イメチェンしたんですよね？」

「……それが何か」

「先輩の風間さんが企画部にすごいイケメンがいるって言っていたので、会えるの楽しみにしてたんです」

「……へぇ、そう」

湊の拒絶にもめげずに尚も話しかける三國に、周りはヒヤヒヤしながら様子を窺っている。

しかし湊は、三國の口から風間の名前を聞いた途端、眉をピクリと動かして適当に返事をした。

もしかして今のこの状況や、三國から垣間見える好意は、風間による差し金なのではと疑ったのだ。

(後輩を送り込む作戦か？)

だとしたら、直接的に宣戦布告をしてきた割には随分と遠回りで卑劣なやり方をしてくる人間なんだと、湊は風間に対して更に嫌悪感を抱いていく。

「さ、桜木さん？」

三國の呼びかけが聞こえていない湊は、無言のまま立ち上がると席を離れて何処かへ行ってしまった。

その後ろ姿をただ見送る事しかできなかった周りの社員達は、気を取り直したように各々会話をはじめる。

ただ三國だけが今の反応に少しだけ違和感を覚えて、湊の背中を見えなくなるまで眺めていた。

バタン！

逃げ込むように化粧室へと入った菜月は扉を閉めると、しばらくの間ただじっと俯いていた。

あんなふうに露骨に好意を放つ三國の姿にも驚いたが、意外にも湊が拒絶していなかったように見えて胸が痛みはじめた。

何より、顔面偏差値の高い三國と湊があまりにもお似合いで、傍から見れば美男美女カップルと思われてもおかしくないほどに、違和感がなかった。

「こんな事で取り乱すなんて……」

いい大人が、とため息をつくも恋愛経験がそれほど豊富でない菜月にとっては、ショックな場面を目撃した時の耐性もなく、自然と気分は落ちていく。

親睦会への参加を決めたのは自分だし、それによって仕方なく参加した湊が楽しく過ごせているなら、中断してまで帰宅させる権限はない。

かと言って湊を残して自分だけ帰る事もできないと思った菜月は、もう少しだけ様子を見ながら過ごすことを決めて化粧室を出た。

すると、角を曲がった通路に腕を組んで立っている湊を発見して、心臓が大きく跳ね体に緊張が走る。

「っ!?」

「……どこにもいないから、ここかと思って待ち伏せしてました」

恐らくアルコール摂取のせいだろう。

普段よりも少しだけ頬を赤く染め、甘ったるい瞳で見つめてくる湊からは、無自覚の色気が醸し出されていた。

そんな姿に、菜月は以前の企画部内で行われた飲み会と、帰り道での〝依頼〟や初めて交わしたキスを思い出す。

「横井さん残業続きで疲れてるんだから、ほどほどにしないと悪酔いしますよ」

「そ、そういう桜木くんこそ結構飲んでるんじゃ」

湊がお酒に強い事は知っていたから泥酔はしないとわかっていても、その無自覚な色気の放出に関してはかなりヤキモキする。

一度見た事のある菜月でさえドキドキしてしまうのだから、他の女性社員達はもっと感じ取っているに違いない。

しかし肝心の湊はというと、少し不機嫌な顔をして呆れたようなため息を漏らした。

「横井さんのタイミングに任せて待っていたけど全然帰る気配ないから、自然と飲む量増えました」

「そ、それは……！」

「俺は早く店を出たいんです」

まるで菜月のせいでやけ酒してましたというような物言いに、ついさっき見た三國と湊の光景が脳裏によぎった菜月は、大人気ないと自覚しながらも対抗してしまう。

「その割には可愛い子達に囲まれて、盛り上がっていたみたいだけどね」

「……は？」

「私の事は気にせず、どうぞ皆と最後まで楽しんでいったら？」

余計な事を言いすぎている。そうわかっていても、心に留めておこうと思った嫉妬が次々と溢れて止められない。

自分の方が先輩で年上なのに、この余裕のなさと子供っぽい感情は我ながら嫌になるほどだった。

そして突き放すような菜月の言葉を聞かされた湊は、唖然（あぜん）として少しの間固まったのち、低く暗い声で答える。

「……何ですかそれ」

「な、何よ……」

「俺がチヤホヤされてるのが、面白くないってことですか？　そう思うのは勝手ですけど、俺の気持ち知っていてそれ言います？」

「っ……」

明らかに怒った口調の湊を、当然の反応だと理解している菜月は返す言葉もなくて唇を噛み締めた。

さすがの湊も自分の救いようのない振る舞いを目の当たりにして、愛想を尽かせたに違いない。

菜月の脳内に〝終わり〟の文字が浮かんだ時、視界に映ったのは表情に影を落として伏し目になる湊だった。

仕事に取り組んでいる時は、言葉がなくても菜月から頼りにされている事が伝わってくるのに。

「一歩会社を出たら、全然信頼されてないんですね、俺」

哀しそうに微笑んで、目を合わせる事もなく静かに背を向けた湊。

そしてゆっくりと立ち去っていく背中を見つめながら、菜月はまたしても胸が強く締め付けられた。

幼く身勝手な自分の嫉妬が、一年前から想い続けてくれていた湊を、ただただ無意味に傷つけたという事実だけが残ってしまったから。


沈んだ気持ちで菜月が席に戻ってくると、中堅社員達が仕事改革について熱く語り合っていた。

その居心地の良い雰囲気の中、未だ表情が晴れない菜月に風間が優しく声をかける。

「さっきビール届きましたよ」

「あ、ありがとうございます……」

恐縮した顔で答えた菜月だったが、先ほどよりも表情が暗いように思えた風間は心配そうに話を続ける。

「酔いが回りましたか？」

「い、いいえ全然！　まだまだ飲めます」

そう言って、運ばれたばかりの二杯目となるビールをいつものペースで飲みはじめる菜月は、気を紛らわすように明るく振る舞う。

そうでもしないと、自己嫌悪でいっぱいの自分が問題なくこの場をのり切る方法はなかった。

（最低だな、私……）

決して湊の事を信じていない訳ではなかったのに、自信のなさや三國に対する嫉妬から嫌味な言葉が生まれた。

『一歩会社を出たら、全然信頼されてないんですね、俺』

結果的にそう思わせたのは菜月。

湊を想う気持ちを正直に認めて二週間が経過した今。二人の距離は縮まるどころか、誤解が生じたり仕事が忙しかったりでどんどん離れていく。

そして今、ついに断たれてしまった気がしてならない。

こんな風に拗れてしまうまでの間に、強引にでも素直に気持ちを伝えていたら。

そうするタイミングやチャンス、方法はいくらでもあったはずなのに。次があると逃してきたからここまですれ違う羽目になったんだと、後悔しても後の祭り。

恋愛において如何にタイミングが重要で、それがのちの成熟度にどれだけ関わってくるか。よく理解できた菜月は、もうすぐ二杯目のビールを飲み終えてしまう勢いだった。

「横井さん、いい飲みっぷりー！」

「大仕事終えた後だから、そりゃ飲みたくなるわよねー！」

「そ、そうなんです、納期内に終わって安堵したらつい……」

周りの社員達は、これがやけ酒とも知らずに菜月を持ち上げていたが、風間だけが違和感を覚えていた。

何かを考えるように頬杖をつくと、無理に明るく振る舞う菜月を静かに見守る。

一方、同じく自分の席へと戻った湊は無言のまま椅子に座ると、グラスに半分残っていたビールを不機嫌な顔で一気に体内へと流し込む。

突然の出来事に周りの社員達は唖然としていたが、隣に座る三國だけは何か言いたげな顔で見つめていた。

空になったグラスがテーブルに置かれたと同時に、三國が店員に手を振った後、湊に声をかける。

「次、何飲みます？」

湊への素早い対応は、幹事としても女性としても気配りができるところをアピールする為だったが、やってきた店員に湊は。

「水ください」

「かしこまりました」

親睦会はまだまだこれからだというのに、お酒ではなく水を頼んだ事に驚いた三國は、店員が立ち去ると湊に疑問を投げかけた。

「もう、酔いを覚ましちゃうんですか？」

「酔っていません」

「じゃあ何で……？」

すると俯いていた湊がふと顔を向けてきたので、三國は思わずドキンと胸を鳴らして息を呑む。しかしその瞳はどこか遠くを見据えているようで、湊の心はここにはないと悟った。

「飲んでる場合じゃなかった。頭、冷やしたいんです……」

小さい声で弱々しく答えた湊の様子に、三國はかける言葉が見つからなくて、静かに自分のグラスへと唇を寄せた。

それから十分ほどが経過し、いつものペースで飲み慣れたビールを摂取していたはずの菜月は、体の中の異変に気付きはじめていた。

何だか今日は酔いが回る段階が早くきてしまったようで、頭はボーッとして思考が鈍り体がふわふわするのがわかる。そして経験上、これ以上悪化したら確実に吐き気に襲われて大失態へと繋がる予感がした。

（気持ち悪くなってきた、思った以上に疲れてたのかな……）

残業による疲労が蓄積されていた体で、お酒の摂取は控えるべきだったのかもしれない。

今更反省しても体の不調はどうする事もできないので、せめて少しでも気分を紛らわそうと店員に水を注文する。その様子にいち早く気が付いた風間は、そっと菜月に寄り添い耳打ちしてきた。

「具合、良くないんですか？」

「あ……大丈夫です」

「無理してもいい事ないですよ。大丈夫じゃないですよね？」

「……すみません、ちょっとだけ気分が」

優しい声にホッと気持ちが安らぐも、勘のいい風間をまた心配させてしまったと反省をした。

やがて店員が水を運んできてくれて、それを受け取った菜月はゆっくり飲みはじめるけれど、すぐに気分が改善される事はなく。

徐々に顔色が青ざめ表情を歪ませている菜月に、風間は咄嗟にその腕と鞄を抱えて立ち上がった。

「横井さんはこの後、大事な用事があるので先に帰ります」

風間の突然の行動に菜月が唖然とするも、周りに座っていた他の社員は快く見送りの言葉をかけてきてくれた。

「また是非、一緒にお仕事しましょう！」

「気をつけて帰ってくださいねー！」

「あ、皆さんありがとうございます。お先に失礼します」

そんな温かい社員一人一人にお礼を言いながら頭を下げる菜月は、風間に付き添われながらお店の出入り口前までやってきた。

そして帰宅のキッカケを作ってくれた風間にも一礼して、感謝の言葉をかける。

「何から何までありがとうございます。あとは一人で……」

帰れます。

そう言おうとして風間に持ってもらっていた自分の鞄を受け取ろうとした時、菜月の伸ばした手から鞄がスッと離れていった。最初から渡す気のなかった風間が、菜月の腕を再び掴んで離さない。

「心配なので送らせてください」

「え、でもタクシー拾うんで大丈……」

「じゃあタクシーに乗るところまで見送ります」

いつもの微笑みではなく、真剣な眼差しを向けてくる風間に緊張が走った。それと同時に、好意を抱かれているかもしれない事を思い出して、菜月は何も言えなくなる。

そんなやり取りをしていると、離れた席からたまたま二人が視界に映り込んで言葉を失っている人物がいた。

「……っ」

「桜木さん？」

一点を見つめて動かない湊に三國が声をかけるも反応はなく、声すら届いていない様子。疑問に思って湊の視線の先に目を向けると、お店の扉が閉まりかけているだけで、人の姿は確認できなかった。

「誰かいたんですか？」

「……帰ります」

「え？」

すると突然その場に立ち上がった湊は、手早く帰り支度をするとバタバタとお店を出ていってしまった。

あまりの早さに周りの社員達は呆気に取られている。三國自身もまた、一切振り向かずに出ていく湊の様子に、こう悟った。

(完っ全に脈なしだ……)

三國は大きなため息をついた後、カシスオレンジを一口飲んで、いとも簡単に湊を諦めた。

「横井さん!!」

風間と共にお店を出た直後に、聞き覚えのある声が響く。

呼び止められた菜月が気まずい表情で振り向くと、慌てた様子の湊が後を追いかけてやってきた。

体調不良である事と先ほどの険悪な別れ方の後だった為、顔を合わせづらかった菜月は咄嗟に視線を背けてしまう。

その様子を察した風間が菜月を隠すようにスッと前に出て、立ちはだかった。

「横井さんは俺が送るから、桜木くんは飲みの席に戻ってください」

「……俺の先輩です、風間さんこそ戻ってください」

優位に立っている事を理解して笑みを浮かべる風間を、ギッと睨んだ湊は構う事なく二人との距離を詰めてくる。

その足音が徐々に近づいてくる中、固く瞼を閉じた菜月が振り絞るように出した言葉は。

「風間さんに送ってもらうかららッ！」

「っ!?」

風間の背後から確かに聞こえてきた震える声に、歩みを止めた湊は明らかに動揺していた。

「だから、今日はもう……」

これ以上湊の顔を見るのも声を聞くのも辛いから、このまま帰して欲しいというのが、今の菜月が強く願う事。

静寂と闇が三人を包み込み街の雑音を遠くに感じる中、菜月と湊の間に挟まれて佇(たたず)む風間だけが満足感で胸がいっぱいになっていた。

かつては、心が通い合うまであと少しという距離感にいた菜月と湊。

抱いた恋心を揺れ動かして葛藤する二人を見抜いた風間は、自分の中だけで悪辣(あくらつ)なゲームをしていた。それは湊への宣戦布告を皮切りにゴールへのカウントダウンが開始され、そして今、クリア目前だと悟った。

心の中の黒い風間が、口角を上げて大声で笑っている。

「横井さん、行きましょう」

「……はい」

自分より風間を選んだ菜月に対して、呼び止める事も追いかける事もできずにいた湊は、頭の中が混乱してその場に立ち尽くす。

そして風間に肩を支えられて立ち去る菜月の背中を見つめながら、ぼんやりと浮かんできた感情。

少し前まで隣にいたのは自分だった。その肩に触れていたのは、紛れもなく自分だったのに。

菜月が今隣にいて欲しいと選んだのは、大人の余裕と頼り甲斐も包容力もある、湊にとって一番選んで欲しくない人物。

それが、菜月の答え。

「なんで、こんな……」

タイミングを逃して、言葉を間違えて、感情をぶつけたその先に待っていたのは……。

望んでいた世界とは真逆の、絶望的な夜の街しか湊の目には映し出されていなかった。

すると突然、お店の扉が開き慌てて飛び出してきたのは、つい先ほど脈なしと判断して湊をあっさりと諦めた三國だった。

「あ！　まだいた！　良かったです～！」

目の前の路地に佇む湊の後ろ姿を発見して、心底安心したような声を漏らし駆け寄ってくる。

「これ桜木さんのスマホですか？　テーブルに置いてあったから忘れ物かと思っ……」

置き去りにされていたスマホをわざわざ持ってきた三國は、微動だにしない湊の顔を覗き込むと驚きのあまりに固まってしまう。

「さ、桜木さん？」

「っ……!?」

これまでのイメージとはかけ離れた、今にも泣き出しそうな切なく哀しい表情をしている湊を見てしまい、三國は素直に動揺した。

一方の湊も、無防備すぎた自分に驚きつつ、それほどまでショックが大きいのかと自分の傷を再認識する。

すぐに気持ちを切り替えようと軽く咳払いをした湊は、今抱いている感情を封じて普段通りに三國に対応した。

「すみません、俺のです」

「……やっぱりそうでしたか」

「ありがとうございます」

なるべく顔を見られないように、素早く三國からスマホを受け取った湊。

しかし、どんなに普段通りの顔と声を作ってこられても、先ほどの湊の表情が忘れられない三國は、余計な事とわかっていてつい尋ねてしまった。

「何か、あったんですか？」

「……別に、何も」

三國に心配されるほど、何かあったように見えているのか。

かと言ってその〝何か〟は自分が惨めでカッコ悪い事を認めるようで、言いたくない。

否定の返事をした湊がそれ以降視線を逸らし沈黙していると、それでは納得のいかなかった三國から意外な言葉をかけられた。

「例えば誰かに……何かを邪魔されたり、してますか？」

今の濁した問い方は、一見何の事を指しているのかわからないようでも、心当たりのある湊にとっては聞き流すことのできない台詞。

無言のまま視線を三國に向けた湊の瞳からは、先ほどにはなかった覇気が感じられた。

「何でそんな事、三國さんが聞くんですか」

「勘です。でも……」

気まずそうに表情を曇らせながら、しかし何かを伝えたい素振りを見せる三國に、湊も息を呑む。

少し戸惑いを見せたのち、何かを覚悟した三國は顔を上げ、湊に話しはじめた。

「条件が揃っていれば、いつでも起こりうると思っていました」

「……？」

お腹の辺りで指を何度も組み直す三國は落ち着きがないようにも見えたが、ピタリと動きを止めたと同時に口を開いた。

「風間さんの次のターゲットは、桜木さんだったんですね」

心地良い春の夜風が吹いて、行き交う人々の火照った頬を優しく冷ましていく。

しかし湊にとっては三國の一言の方が、酔いを覚ますには充分だった。

あの日確かに、菜月を口説きたいと風間が宣言していたのをはっきり耳にした。

しかしその風間の〝ターゲット〟が、想いを寄せているはずの菜月ではなく湊だというのは、一体どういう意味なのか。理解ができなかった。

「……なんで〝俺〟ですか？」

「はは、突然こんな事言われたら、訳わかりませんよね。すみません」

困った顔で笑う三國は、人差し指で頬をかいて謝ると、ふと視線を落としながら尚も話を続ける。

「私も何て説明したらいいのか。あくまで憶測ですし、風間さんの口から聞いた事ではないので……」

「でも心当たりあるんですよね？」

「……はい」

すると三國は大きく息を吸って、ゆっくり長くそれを吐き出した。これから自分の過ちを知られる事になる。そうわかっていても、三國は湊に話しておかなくてはならないと覚悟を決めた。

「もう何年も前ですけど。私、入社してすぐに同期の彼氏ができたんです」

「……は？」

「私、面食いでして。その彼めちゃくちゃカッコいいから、告白されて即オッケーって……」

「……そうですか」

三國がつい砕けた口調になった時、これは真面目に聞く価値のある話なのか？と疑い、少し冷めた目を向ける湊。

それに気が付いた三國は、咳払いをして本題に戻った。

「そ、それから今の部署に配属されて、先輩の風間さんに初めて会いました。その時から面倒見もいいし優しくて、素敵な先輩って思っていたんですけど」

「……けど？」

「私の彼が仕事の評価とルックスで注目を浴びるようになると、今まで何の素振りもみせなかった風間さんが突然……」

一旦言葉を詰まらせた三國だったが、ここまでしっかり自分の話を聞いてくれる湊を信じて、打ち明けた。

「私に、好意を向けてきたんです」

「え？」

三國のこの言葉で沈黙した湊は、顎に指を添えて考えはじめる。

ここまで聞いた話の内容で見えてきたのは、同期の彼氏が湊で、三國が菜月。

そう当てはめると、この後に続く話がより理解しやすくなると思った。

「私は、さっきも言いましたけど面食いなので……風間さんのあの顔と大人の魅力にどんどんハマってしまい」

「それで、好きに？」

「……一夜を共にしてしまいました」

変な空気が辺りに漂った後、率直に思った事がそのまま湊の口から出る。

「最低ですね」

「うっ……」

「彼氏がいるのに？　場合によっては二股か？」

「わーごめんなさい、ごめんなさい！　最低なのはわかってます！」

三國は必死に頭を下げて謝るが、「俺に謝られても」と湊は困った顔をする。

しかし軽蔑されるとわかっていても、自分を犠牲にこの話をしてくれた三國に対して、これ以上責める気にはなれなかった。

「だから事後にはなってしまったけど、彼とはちゃんとお別れしました」

（その彼氏は青天の霹靂（へきれき）だっただろうな……）

「なので、これで風間さんと正式に交際できると思ったんですけど……風間さんにその気はありませんでした」

「……は？」

三國の行動は勿論、男女間ではルール違反だが、幸せだった二人の関係を知りながら割り込んできた上に壊した風間にも、その責任と罪はある。湊はそう思った。しかも、その後の風間は三國を幸せにする事もなく、結果的に三國と彼の関係を消滅させただけだという。

「だから私、思ったんです。風間さんは……」

身をもって経験した三國が出した答えは、湊にとっては理解し難い事。しかし今の状況に照らし合わせると、辻褄（つじつま）が合ってしまう。

「仕事ができて容姿も優れた癇（かん）に障る男性の恋人を奪う、ただのクラッシャーなんだって」

湊の抱く、何となく嫌だったその存在。

恵が菜月に忠告するように教えてくれた、黒い部分。

脳内で浮かび上がった風間が、湊を嘲笑(あざわら)っていた。

第十章　安心する場所

その頃、夜道を弱々しく歩く菜月とその肩を支えながら付き添う風間は、車通りの多い幹線道路までやってきていた。

「アプリでタクシー依頼したんですけど、金曜日なので時間がかかるみたいです」

「色々すみません、ありがとうございます……」

「到着するまで座って休みましょう」

そう言うと、風間は近くに備えられていたベンチに菜月を誘導して、手を貸しながら一緒に腰を下ろした。

一息ついて力なく正面を向く菜月は、幹線道路を行き交う車のライトをボーッと眺める。

すると意図せず湊との間に生じた亀裂を思い出して、自然と瞳が潤んできた。

店内で気まずい別れ方をしたのに、それでも帰り際には風間と対峙して送ってくれようとしていた湊。

その底知れぬ優しさ、真っ直ぐな想い。

声をかけてくれた事も嬉しかったはずなのに、すっかり天邪鬼になってしまった菜月は惨めになるばかり。

「つ……」

膝に置いていた手をぎゅっと握り、溢れる感情を我慢する。

悪酔いした体よりも心の方が辛く苦しくて、そんな様子を風間に知られないように俯くと、静かに表情を歪ませた。

しかし菜月が心身共に弱っているとわかっていた風間は、この機を逃すはずもなく。いつもの優しい声が核心をついてくる。

「何故、桜木くんではなく俺を選んだんですか？」

「え……」

「後輩には頼れませんか？　それとも……」

待ちに待った二人きりの時間に、菜月の手にそっと自分の手を重ねて見つめてきた。

「もう桜木くんとは別れたんですか？」

その言葉に鼓動が跳ねた菜月は、やはり風間は自分と湊がただの先輩後輩ではないと気付いていたんだと驚いた。

しかし風間は間違っている。

菜月は慌てて重なる手を離し、身振り手振りで否定した。

「待ってください。別れるも何も、そもそも付き合っていませんから」

「え、てっきり桜木くんが俺に敵意を向けてくるのは、彼氏アピールかと思ってましたよ」

「ち、違います……」

「そうか、じゃあずっと桜木くんの片想いだったか」

自分が湊に揺さぶりをかけてから、だいぶ経つ。だから、てっきり二人は既に付き合いだしているのだと思っていた。

予想を外してはじめは驚いていた風間だが、徐々に余裕の笑みを浮かべていく。

菜月と湊は交際していない。しかし湊の片想いであった事は、風間にとって好都合。

　そうして、クラッシャーとしての顔を覗かせた風間は、菜月の顎に指を添えると自分と向き合うよう誘導した。

「それなら、横井さん次第ですね」

「!?」

「俺を受け入れるかどうかは……」

　湊との関係が良好ではない菜月は今、気持ちが大きく揺らいでいるはず。

　そこに考える間も与えず、積極的に攻めて逃げ道をなくしていくのが風間のやり方だった。

　そして湊にとっては、手が届きそうなところで奪われるという最高のタイミングであることを、風間は喜ぶ。

　その方が、受けるダメージが大きいはずだから。

「か、風間さん……あのっ」

「どうします？」

　真剣な眼差しを菜月に向けて、徐々に鼻先の距離を詰めてくる。

押し返す事を許さないくらいの雰囲気が、菜月の心を惑わせてきた。

今ここで、風間の気持ちを受け入れるのは簡単。

何故なら菜月は自暴自棄に陥っているし、何も考える事なく目の前の出来事に、自然な流れに身を任せるだけだから。

年上で仕事もできて余裕と包容力もある、カッコ良くて本当に優しい人。

菜月のように恋愛経験が少なく、不器用で素直になれない仕事人間も、丸ごと大きな愛で包んでくれるに違いない。

風間をそう評価していた菜月は、全身の力が徐々に抜けていき瞼をゆっくり閉じはじめる。

そして唇同士が触れそうになった時。

『横井さん』

菜月の脳内を駆け巡ったのは、やはり湊の声と笑顔だった。

グイッ!!

「？」

「はっ……す、すみません!!」

風間の肩を押さえて身を引いた菜月は、一瞬でも受け入れようとしていた自分に青ざめながら、咄嗟に謝った。

苦しいのに考えるのをやめられない。嫉妬するのも、不安になるのも止められない。

それは心の中に棲(す)みついているのが、ただの職場の後輩ではないから。……かと言って、今はまだ恋人でもないけれど。

それでも、どうしようもなく湊を想っていることだけはハッキリしている。

「……風間さんに慰めてもらえば、忘れられるかもって」

「え？」

「一瞬でも思った自分を、殴りたい……」

直前でキスを拒んだ菜月は、恐ろしい事をしようとしていたと、風間には聞こえない声量で反省の弁をぶつぶつ述べる。

それに対し、あと一歩のところで菜月を落とせなかった風間は少し苛立ちを覚えるが、無理に笑顔を作ってみせた。

「よ、横井さん？」

「……ます」

「はい？」

「一人で帰ります！」

突然すくっと立ち上がった菜月が、風間に向かって一礼する。そして奮起した体は今だけ体調不良を忘れ、ついさっき歩いてきた道を戻るように走り去っていく。

その場に置き去りにされた風間は、何が起こったのか一瞬理解に苦しんだが、ため息をついたのちベンチの背もたれに体重を預けると、夜空を見上げて笑った。

「……ふっ、初めてだよ」

置き去りにされる事も、キスを拒まれた事も。

今までの経験上、たとえ恋人がいる女性でさえも風間の甘い声と優しい眼差しには勝てず、流れのままに身を任せてきたのに。

「そんな人もいるんだな」

風間はこの日、久々に虚しい気持ちを抱く事になったが、それを知らない菜月はヒールにもかかわらず夜道を必死に走る真っ最中だった。

一方その頃。

とんでもない話を聞かされた湊は既に三國と別れており、親睦会の店から少し離れた飲み屋街の歩道に立っていた。

風間と共に立ち去った菜月を心配し、二人が消えた方角に向かって走りながら辺りを見回すが、それらしき姿は見つからない。

そして十字路に差しかかり、二人が進んだ道はどれかと選択を迫られた。

(どっちだ……？)

外せば菜月から遠ざかってしまい、追いつく事も見つけ出す事もできなくなる。

そんな試練とプレッシャーを与えられているような感覚が、更に湊を悩ませた。

しかしもうこれ以上、待っているだけではいけないし、誰かに奪われる訳にもいかない。

(どうかもう一度、会わせて欲しい……！)

神頼みでもするように湊が念じたその時、背中に突然望んでいた声が届いた。

「……桜木くん!!」

すぐに振り向くと、息を切らしながら走ってくる菜月の姿が目に留まる。

追いかけていたはずの菜月が自ら現れて、少し動揺していた湊は徐々に嬉しさと期待を膨らませると、ようやく一歩前に足が出る。

すると目の前で立ち止まった菜月が、膝に手をついて呼吸を整えはじめた。

「はあ、はあ」

「横井さん、俺」

「桜木くん、あの……」

お互いに伝えたい事は山ほどあったけれど、きっと二人が今ここに揃っているという事は。

そこに言葉がなくても、何となく求め合っていたという気持ちが伝わってくるようで、互いの鼓動を高まらせた。

しかし、こんな大事な場面で一つの問題が菜月に生じる。

「……ごめ、吐きそ」

「はい!?」

想いが先行してすっかり忘れていたが、ここまで走ってきた事が原因で菜月の体調不良は急激に悪化したようだ。

口元を押さえて顔は青ざめ、頭はガンガン脈打ち、立っているのがやっと。

せっかく湊に会えたのに、感動どころかカッコ悪いところを見せつけている自分に嫌気がさした時。

背中に回ってきたのは、心から欲していた湊の温かい腕だった。

「全く、無理するからですよ」

「ううっ……」

そんな風に言いながらも、ふらふらの体を大事そうに支えてくれる。

完全に安心しきった菜月は、自然と力が抜けていき湊に体重を預けるとスーツの上着をきゅっと掴んだ。

「早く、会いたかったの……」

「横井さん？」

「桜木くん……に……」

小さい声で呟くも、菜月の素直な言葉が湊の耳にはしっかりと届いて、自然と心が浄化されていく。

しかし菜月本人がハッキリと記憶しているのはここまでで、不調だった体が湊に支えられた事により、今度は睡魔が襲ってきた。

「……あの、横井さん？」

「……スゥ」

「え、ちょ、寝てるんですか!?」

湊が支えているとはいえ、先ほどまでは自分の足で立ち歩行も可能だった菜月。

それが、今は意識が完全に遠のいていて、小さな寝息のようなものまで聞こえてくる。

「こんな大人、見た事ない……」

聞こえないのをいい事に小言を漏らした湊だったが、決して怒っている様子はなく、寧ろ表情や声は柔らかい。

そして、無防備な寝顔をじっと眺め、菜月にしか見せない特別な微笑みを浮かべるのであった。

親睦会もそろそろ終わりの時間が近づいてきた中、幹事の三國はお店の外で腕を組み、ある人物の戻りを待っていた。

足音が聞こえて顔を上げると、視界に映し出されたのは少し暗い表情をした、先輩の風間である。

「横井さんの見送りに行っていたんですか？」

「ああ、体調が悪そうだったから、タクシーに乗るまで付き添っていたよ」

「……そうですか」

風間はそれ以上の会話を拒むかのように、視線を逸らして三國の前を横切った。

そして店内に入ろうと扉のドアノブに風間の手が伸びた時、その腕を突然三國が掴む。

「落ちなかったんですね、横井さんは」

「……何の事？」

見送るふりをして菜月が落ちたらそのまま、三國の時のようにホテルに直行していたはず。

しかし風間が一人で戻ってきたという事は、クラッシャーとして湊から菜月を奪えなかったのだと三國は確信していた。

真っ直ぐな瞳で問われた風間は、とぼけた返事をするもそこにいつもの余裕の微笑みはなかった。

「風間さんに、横井さんは落とせませんよ。真面目な人ですし、どこか純粋で繊細なところがあるし……」

「……随分と詳しいんだね」

「私とは大違いですから」

過去の自分が、罠とも知らずに簡単に落ちた事を引き合いに出して話す。

それに対して静かに眉をひそめた風間は、徐々に苛立ちを覚えた。

先ほど菜月に拒まれた上、一度だけ関係を持った後輩の三國に咎められたような気がしたから。

「そうだね、横井さんは君と違って恋人を裏切ったりしない人だよ」

「っ……」

わざと三國を傷つけて、黙らせる言葉を選ぶ。仕事上では普通に接していても、風間は心の中で三國を〝裏切る人間〟として見下していた。

すると掴んでいた風間の腕から手を離し、視線を落とした三國は呆れたように話す。

「だとしたら、風間さんもこちら側の人間ですね」

「何？」

負けじと対峙する三國は、その見下している人間と風間は同類だと宣告して、ずっと溜まっていた気持ちを吐き出した。

「私は、風間さんを仕事のできる先輩として尊敬してましたし、男性としても惹かれていました……」

「……ふ、今更何を」

「だけどそんな私を、風間さんは簡単に裏切ったんですから」

風間は三國を、目障りな男性社員を排除する為の道具くらいにしか思っていなかったのだろう。しかし三國にとっては忘れられない恋愛となっていた。

確かに、順序は間違ってしまったのかもしれない。

それでも、先に出会っていたのが同期の恋人ではなく、もしも先輩の風間であったなら。

浮気をしてしまう前に恋人としっかりお別れして、純粋に風間だけを想い続けていたなら。

そう望んでしまうくらいに、三國が風間を本気で好きになっていた事を、今の風間は知らないのだ。

「風間さんがターゲットにした男性達の中には、一時的に休職する人もいました」

「……ターゲットって。だから何の事だかさっぱり」

「そんな事して楽しいですか？　何が目的ですか？」

問いただす三國の瞳が、徐々に熱を帯びていく。

もう実らない風間への想いを断ち切りたくて、次の恋愛をしようと別の男性に積極的にアプローチをして、そのまま交際に発展した事もあった。

だけど、どうしたって心の隙間は埋まらない。そこを満たせるのは、社内カップルの仲を引き裂く事に愉しさを覚えている人物。

つまり、仕事の成績がすこぶる良くて顔面偏差値の高いクズ先輩の、風間にしか成し得ないんだと。

そう知ってしまった三國の口調が、苦しくも止められない片想いの重圧で、更に強みを増した。

「恨みでもあるんですか⁉」

「っ‼」

三國の最後の問いに、顔色を変えた風間は鋭い視線を向けた。

職場では見た事のないナイフのような表情に怯(ひる)んだ三國は、自然と一歩後ろに下がってしまう。

すると風間は無言のまま、お店の扉を開けて店内へと入っていった。

その背中を、この時の三國は呆然(ぼうぜん)と見送る事しかできなかった。そして、自分の言葉は彼に届かないのだという事に、絶望した。

どれぐらいの時間が経ったのかわからない。そんな感覚の中で徐々に意識が戻ってきた菜月は、瞼も体も重く感じて起き上がる事ができずにいた。

まだ完全に目覚めてはいないが、頭の中の血管が膨張して神経に障っているのはすぐに理解できる。

(あー、絶対二日酔いだ……)

この辛い頭痛を経験する度に後悔するのは、アルコールを摂取した事。

ただ昨日は、普段よりも少ない摂取量だったのを覚えている。

既にわかっている本当の原因。

それは連日、終電間際まで残業し続けた体のまま、親睦会に参加してお酒を飲んだ事だ。

（もう、疲れてる時は飲まない、絶対、誓って……）

しかし何故だか、不調のはずの心も体も心地良い温もりに包まれていて、それが菜月に安らぎを齎（もたら）してくれる。

更に落ち着くような匂いが鼻奥に届いて、瞼をゆっくり開いてみた。

「……っ!?」

すると目の前に湊の寝顔が現れて、菜月は声にならない声を発する。

動悸（どうき）を起こしつつ状況を確認してみると、湊は菜月の体を抱き枕のように包み込み、添い寝をしていた。

そして辺りを見回すと、見知らぬセミダブルベッドに見知らぬ部屋。

だけど自分が今いるのは、シティホテルでもラブホテルでもない場所だとすぐに理解した。

シンプルだが生活感漂うここは、恐らく湊の自宅だろうと予想する。

（え、昨日どうやってここまで!? 私何した？ 何言った？）

寝起きにもかかわらずぐるぐる頭の中をフル回転させてみたのだが。

昨夜、自分に必要な人物は湊なんだとハッキリと自覚し、風間をその場に残して走り出した。そうして、探し回った湊の後ろ姿を見つけ気持ちが昂(たかぶ)った事、その名前を呼び無我夢中で駆け寄った事までは覚えているのに。

同じく自分を探していた様子の湊の顔を見て心底安心したのか、それ以降の記憶が綺麗さっぱり抜け落ちていて、悪酔いの威力を思い知った。

とりあえず現状把握に努めようと、布団の中に潜む自分の体をチラッと確認した菜月は、ここで再び驚愕(きょうがく)する。

（ななな何で下着姿なの!?）

すぐにベッドサイドの床へ目を向けると、昨日自分が着ていた服が散乱しており、さーっと血の気が引いていく。

記憶がないのに、処理しなければならない問題が多すぎて言葉を失っていた時。

隣で眠っていた湊が動き出し、ゆっくりと瞼を開けると、慌てふためく菜月と目が合った。

「……おはようございます」

「あ、おはよ……」

寝起きの湊はまだ意識がハッキリとしていない。目を擦りながら軽くあくびをする姿を、菜月は黙って眺めていた。

その視線に気が付いて、菜月の体を抱き締めていた腕に力を入れてきた湊は、再び眠りに就こうと瞼を閉じる。

先ほどよりも体が密着して驚く菜月の心臓が、ドクンと大きく脈打った。

「ちょ、桜木くん！」

「今日は土曜日なので、まだ寝かせてください……」

「……あの、私あまり覚えてなくて」

「んー……何を？」

「昨日の事。だからできれば、その」

菜月が申し訳なさそうに、今に至るまでの状況説明をお願いしようとした時。それを察した湊は面倒そうに瞼を開いて、昨夜の光景を思い出していた。

＊＊＊

飲み屋街のど真ん中で、突然寝息を立てる菜月。

その体を支えたまま、湊がこれからどうしようかと考えはじめた時。

タイミング良く一台のタクシーがこちらに向かって進んでくるのが見え、手を挙げて乗車の意思を示した。

中年の男性運転手は湊の存在に気付くと、すぐに車を路肩に寄せて停車し、後部座席のドアを開ける。

「どうぞ～！」

「ありがとうございます。横井さん、タクシー乗りますからね」

「ん～、わかってるよ～……」

運転手にお礼を伝えながら、唸る菜月を先に後部座席へと乗せる。それに続いて乗車した湊がようやく安堵のため息を漏らした時、菜月の頭が甘えるように肩に寄りかかってきた。

（……全く、無意識に煽ってこないでくださいよ）

ほんのり顔を赤らめた湊は、今すぐ抱き締めたい衝動を必死に抑えつつ、このくらいは許して欲しいと静かに手を繋ぎ合わせた。

無事二人が乗った事をバックミラーで確認した運転手は、若い男女の仲睦まじい姿ににこりと微笑む。

「どちらに向かいますか？」

人柄の良さが滲み出ている運転手は、優しい声で目的地を尋ねた。

しかし菜月の自宅を知らない湊は、眠る肩をつついて住所を聞き出そうとするも、起きる気配は全くない。

ラブホテルは露骨すぎるし、他のホテルも二度セックス目的で利用している。

菜月は体調も崩しているので、看病ができて使い勝手にも困らない、安心できる場所は一つしかなかった。

「ここからは少し遠いんですけど……」

湊が自宅の住所を大まかに伝えると、運転手は嬉しそうにかしこまりましたと頭を下げて、タクシーを発進させた。

「むしろ距離がある方が有難いですよ」

「え？」

「実はアプリから依頼が入ったんで、この辺まで来たんですけどね。急にキャンセルになっちゃって売り上げ心配してたんです」

「そうだったんですか」

「仕方なく飲み屋街ウロウロしてたら丁度お客さん達が乗ってくれたので、本当に助かりましたよ」

乗客の目的地が遠いと売り上げ金も多くなる為、キャンセルされた分の元が取れる事を喜ぶ運転手は、安全かつ最短の道を選びながら目的地へとタクシーを走らせる。

こうして向かう事になった湊の自宅だが、決断した本人は少し不安を抱いていた。

湊がサービス残業をして業務を手伝った日、菜月は見返りにセックスの依頼を引き受けた。そこで湊の自宅へ向かう事を提案した際に、何故か全力で拒否されたからだ。

あの時拒んだ理由は未だにわからないが、今でもその思いを抱いていたら。

（また怒らせるかもな……）

肩に菜月の重みを感じながら半分諦めたようにため息をつくと、自宅に着くまでの間、窓から見える景色を複雑な気持ちで眺めていた。

ガチャ。

「着きましたよ、横井さん」

「……ん～」

目的地まで送り届けてくれたタクシーと別れた二人は今、ようやく湊の自宅の玄関ドアを開けたところだった。

未だにしっかり目覚めてくれない菜月を支えながら、自分の靴を脱いで電気のスイッチに片手を伸ばす。すると突然、菜月は自ら靴を脱ぎ捨てて、電気もつけていない部屋の中へとずかずか入っていく。

自分の家に着いたと勘違いをしているらしい行動。しかし具合が悪そうだった先ほどよりは、車内で一眠りしたせいか酔っ払っている様子の方が強く表れていた。

何の遠慮もなくソファに座った菜月に対し、湊は急いで水の入ったコップを準備してすぐに手渡した。

それを当たり前のように受け取って一気に飲み干した菜月が、虚（うつ）ろな目で湊に声をかけた。

「……寝室は？」

「えと、隣の部屋に……」

それを聞いてふらりと立ち上がった菜月は、図々しくも隣の部屋へ続くドアを開ける。

月明かりがやんわり照らす寝室内に入っていくと、初めて見る他人様のベッドを前に今度は窮屈に感じていた服を脱ぎはじめた。

「え！　待っ、何してるんですかっ」

「だって眠いんだもん」

「いやいや、何で脱い」

「あ、桜木くんも脱いで寝る派〜？」

会話が成り立たない様子は明らかにいつもの菜月とは違い、また予想外に大胆すぎる言動が湊を動揺させた。

しかし、こんな風になってしまう菜月が風間に持ち帰りされなくて、本当に良かったとも思っていた。

すると、下着姿となってようやく解放感に満たされた菜月が、気を遣って視線を逸らす湊の腕を引き寄せ、ベッドへと誘導してくる。

「……寝る？　一緒に」

「っ……」

大きな仕事を任されていた二人は、二週間触れ合う事をしていなかった。

また湊にとっては色々思うところがあり我慢していたのに、酔っているとはいえ菜月の方から誘惑される日が来るとは考えてもいなかったから。

その誘いに、のらない訳がない。

ギシ……。

先に横たわった菜月の体に湊が覆い被さると、二人をのせたベッドが小さく音を立てた。

湊の首には菜月の細い腕が回されて、互いの表情が月明かりで浮かび上がる。

大人同士ならこの流れの先は容易に想像できるほどに、全ての条件が揃っていた。

「桜木くん……」

「……はい」

「これからはね、私もちゃんと……」

小さな声で呟きゆっくり瞼を閉じた菜月に、口付けを求められていると感じた湊も無言のまま唇を寄せていく。

「気持ち、伝……たく……」

「……ん？」

湊が異変に気付いた時、首に回されていた菜月の腕が、脱力したようにするりと落ちた。

そしてついさっきまで言葉を発していた唇は動くのをやめてしまい、代わりに聞こえてきたのはやはり寝息。

「嘘、だろ」

二度に渡って目の前で寝落ちされ、もしかしてからかわれている?とさえ考えた湊は、無防備なその寝顔に意地悪したくなって更に自分の唇を近づける。

襲われない、菜月がそう思い込んでいるのなら今すぐそのイメージを壊してしまいたかった。

自分はいつでも菜月を欲しているし、求められる男でありたいから。

しかし、寝息が漏れる唇まであと数ミリというところで、湊はピタリと静止してしまった。

「……はあ」

意識のない中で一方的なキスをしても、それは自己満足であって菜月にその想いが知られることはない。

理性を保った湊は菜月から離れてベッドを下りると、そっと布団を掛けて愛おしそうに髪を撫でた。

「……というのが昨晩の出来事です」

「大変、大変申し訳ありませんでした」

湊が事細かく話し終わった時、下着姿を布団で隠しベッドに正座する菜月は、両手で顔を覆っていた。

体調を崩した上に酔っていたとはいえ、昨晩の自分は図々しく家に上がった挙句、一つしかない寝床を奪って、それから……。

「……恥ずかしすぎる」

菜月は小さな声で呟いた。素面だったら絶対に見せないような醜態を晒していた事が判明し、合わせる顔もなくこのまま風に飛ばされてどこか遠くに行きたいと願うほどだった。

ましてや職場の後輩で、好意を寄せてくれている男性の前での最低な行為。幻滅されるには充分すぎて、更に菜月を苦しめる。

湊の顔を直視できず、お詫びの品は何を用意しようかと頭の中でカタログギフトを捲っていると、聞こえてきたのは。

「……っはは」

「？」

耐えきれず我慢していた笑いを噴き出した湊が、目尻に滲んだ涙を指で拭っていて、驚きの顔を浮かべる菜月と目が合った。

「別に、そんな事で嫌いになりませんよ」

「……へ」

「職場では絶対に見られない横井さんを堪能したし、それに」

菜月が心配していた事をあっさりと解決した湊は、その手を優しく取ると自分の両手で包み込む。

「世話の焼ける先輩の方が、護り甲斐がありますから」

「っ……!!」

不敵な笑みで真っ直ぐ見つめてくる湊に、ドクンと心臓が大きく跳ね上がった菜月は返事をする余裕がなくなった。

みるみるうちに頬は赤く染まり、沈黙したまま俯く菜月。するとその手を離し腕組みをした湊は口を尖らせて話を続ける。

「それよりも、そんな格好の横井さんを一晩襲わなかった俺を褒めて欲しいくらいです」

「は……は!?」

未だに下着姿である事に気付かされ一気に顔全体が真っ赤になった菜月は、羞恥心を誤魔化す為、理不尽に怒り出した。

「もう！　今、服着るから一旦部屋出てって！」

「昨日は構わず目の前で脱いだのに……」

「記憶にありません！」

このままでは菜月が茹で上がってしまいそうだったので、渋々要望を受け入れた湊は残念そうに寝室を出ていく。

扉が閉まり、呼吸を整えた菜月はようやく落ち着きを取り戻すと、ゆっくり長い息を吐いた。

ここへくるまで、菜月に飽きる事も呆れる事もしない。湊はいつだって味方でいて、どんな時も助けてくれる。

「……〝襲わなかった〟って、抱きついて寝てたくせに」

それは襲う一歩手前なのでは？と思う菜月だったが、決して怒っているのではなくて。

全てにおいて大切にされている事が痛いほど伝わるからこそ、困惑と嬉しさが込み上げてくる。菜月は寝室で一人、ニヤけるのを堪えるように複雑な表情をこぼす。

そうして床に脱ぎ捨ててあった服を拾い、後悔の念を抱きながら急いで着替えを済ますと、寝室のドアをそっと開けた。

するとリビングのソファに腰掛けてスマホを見ていた湊が、その音を聞いて静かに振り向く。

「……もったいない」

「どういう意味よ……」

もう少し眺めていたかったというのが湊の本音だが、あまり見すぎてもこれ以上は理性を保てそうにないので、結果的に納得せざるを得なかった。

一方で、もう恥ずかしい思いをしたり、失態を晒したりしたくない菜月は、ほんのり頬を染めながらもムスッとした顔で睨む。

ただ、これだけはどうしても伝えたかった。

「昨日から今まで、迷惑ばかりかけてごめんなさい」

「え……」

「あと、本当に色々ありがとう」

感謝してもしきれないくらいお世話になっているから。

そうして湊に向かって深々と頭を下げた菜月だったが、ゆっくりと上げた顔には、何やら神妙な表情を浮かべていた。

「それで、その……」

「なんですか？」

「何か、お礼できないかなって」

小声でモゴモゴと話す菜月は、今回の件でお礼をしたいと申し出る。

それを聞いた湊は目を丸くして驚いた。

「でも横井さん、体調は……」

「二日酔いで少し頭痛はするけど、薬飲めば治るから大丈夫」

「お礼、何でもいいんですか？」

「うっ」

何でもいいかと問われると身構えてしまうが、湊が望むならどんなお礼もしたいと覚悟はできていた。

たとえそれが排水溝の掃除だろうと、高級レストラン全額奢(おご)りだろうと。

どぎついエッチなプレイだろうと。

「もも勿論！　お礼、なんだから」

「ふーん」

疑うような視線を送ってくる湊にもめげず、負けじと気持ちの強さを表すような目力で、菜月も視線を送り返す。

すると突然ソファから立ち上がった湊は、天井に向かって両腕を伸ばすとポツリと呟いた。

「今日一日、俺に付き合う」

「へ？」

「ていうのは、どうですか？」

本日は土曜日なので仕事は休み。家でくつろぐ事も、街へ出かける事も可能な状態。

湊が含み笑いを浮かべて、菜月の様子を窺う。菜月はそんな事でいいの？という感情を表情に出しながらも、何の迷いもなく即答する。

「わかった！　今日一日、桜木くんに付き合うよ！」

身構えた割にはシンプルな望みだったので、ホッと胸を撫で下ろした菜月は笑顔で元気良く反応したが、湊の思惑には当然気付いていなかった。

単発的な望みを叶えてもらうより、一日という広い範囲を対象にして複数の望みを叶えてもらう方が断然、得だ。

何より、菜月と過ごす時間が丸一日も確保できる。

（美術館、映画、買い物、ランチ……一緒に行きたいところはたくさんあるけど）

しかし、疲れが溜まっている菜月は昨夜に体調を崩していたし、今は二日酔いも抱える体。

外へ連れ出してあちこち歩かせるのは良くないと判断した湊は、少し考えてからある名案を思いついた。

第十一章　明かされた出会い

ここは職場の後輩、桜木湊の自宅である。

彼とは体の関係を二度も交わしたが、それから少し時が経ち、恋人なのかセフレなのかもハッキリしていないまま今日という日を迎えていた。

そんな場所で今、何故か一人で留守番をしているのが。

「二日酔い中の、使えない私……」

そんなナレーションを自ら付け加えていた菜月は、昨夜のお礼に今日一日湊に付き合う事を約束したのに。

『少し外出してくるんで、待っていてください』

加えて家の物を自由に使って良いと言い残し、部屋着から外出用の服へさっさと着替えた湊は、行き先も告げずにどこかへ出かけてしまったのだ。

仕方なくソファに座っていた菜月には、他人の家で一人きりという異様な時間だけが流れている。

すると脱衣所から聞こえたのは、洗濯物のお急ぎコースが終了を知らせる音。

「あ！　下着洗い終わったー！」

替えの下着がなかった菜月は、湊の留守中に洗濯機を使い、ブラとショーツを洗っていた。

湊がいつ帰宅するかはわからないが、替えのない下着を今洗い終わったということは、菜月の衣服の下は当然……。

「早く乾かさなきゃ」

ドライヤーをスタンバイさせて、洗濯機から下着を取り出そうとした時。

玄関の扉がガチャッと開いた音が聞こえて、菜月の体がビクッと跳ねた。

「戻りました、すみません留守番頼んで」

「お、おかえりなさ……!?」

慌てて出迎えると、帰宅したばかりの湊はスーパーの袋を持っていて、その中にはたくさんの食材が詰められている。

床にドサリと荷物を置いて、ふと顔を上げた湊。

長い前髪の間から覗く瞳と目が合った菜月は、何だかいつもより心地の良いときめきを自覚した。

勤務中や仕事終わりのスーツ姿しか知らなかったから、休日の私服姿が新鮮すぎる。大きめの白いパーカーと黒のデニムというシンプルな格好が、湊の顔の良さを引き立たせていて思わず見惚れた。

更にこうして帰宅を出迎える行為がまるで恋人同士のようで、そのシチュエーションに慣れず、ついドキドキしてしまう。

「か、買い物行ってたんだね、近くにスーパーあるの？」

誰もが振り向くような整いすぎている男を前に、意識せずにはいられない。菜月がぎこちなく話していると、不審に思った湊が「……二日酔い、まだ治ってません？」と聞いてきた。

「え、薬効いたからもう大丈夫……」

「じゃあ何でソワソワしてるんですか」

「っ!?」

菜月が誤魔化し下手なのか、湊の観察力が優れているのか。

ちょっとした変化も見逃さず気にかける湊に、隠し事はできないなと思う反面、自然と素直になれる安心感もあった。

「あの、私服姿が……眩しいなって」

「は？」

「素材がいいから何着ても似合うよね、桜木くんって」

口元を押さえて照れを隠しながらも、菜月は思った事を言葉にして褒める。

そんな仕草が可愛くて、湊は更に要求したくなる。

「眩しいって……素直にカッコいいって言ってくれたら喜べるのに」

「えっ」

そんなストレートな言葉をここで改めて言うのは少し恥ずかしい。けれど、これからは気持ちを素直に伝えると決心した事を思い出す。

深呼吸して顔を上げると、湊の瞳をしっかりと見つめてもう一度気持ちを伝える。

「カ、カッコいい……です」

「っ……」

何故か敬語になってしまったが、精一杯変わろうとしている菜月の姿を目の当たりにする。まさか本当に言ってくれるとは思っておらず、完全に油断していた湊は、ブワッと胸の奥底から嬉しさと愛しさが込み上げ、何の前触れもなく菜月の体を抱き締めた。

もにゅっ。

「え？」

「ッッ!!」

その時、普段と違う感触を互いに味わい、湊は状況がわからず困惑の表情をするが、全てを知っている菜月は顔を真っ赤にした。

そしてあたふたしながら、すぐに湊の体を押し返して言い訳をはじめる。

「かか替えがないから、今洗濯してて……！」

「……は？　……え、今……え？」

「ッそれ以上聞かないで！」

菜月は大声を上げて逃げるように脱衣所へ向かうと、壁が揺れるくらい勢い良くドアを閉めた。

その内側で背中を預け必死に呼吸を整えようと努めるが、なかなかおさまってくれなくて頭を抱える。

(恥ずかしすぎる、帰りたい……)

下着を身に着けていないのに、それを忘れて湊を出迎えてしまった事を反省した菜月は、涙を浮かべながら脳内で弱音を吐いた。

しかし今日は湊に付き合うと約束した以上、それを果たさないまま帰る訳にもいかない。

早く下着が乾く事だけを願い、ドライヤーを手に取るも。

(……あんな強く抱き締めてもらったの、久々だったから……)

二週間前にセックスした時以来の、力強い抱擁。

体に残る熱や感触が忘れられなくて、頬の火照りが消えない菜月は、自分が今欲情してしまっている事を自覚した。

一方で、玄関にまで響くドライヤーの風音を聞きながら、その場に力なくしゃがみ込んだ湊。

無防備すぎる菜月に対して湧き上がる、一割の怒りと九割の欲を自制心で耐え忍んでいる真っ最中だった。

(……なんて事してくれてんだ……)

昨夜から色々と我慢を繰り返している。

体調を崩している菜月に無理はさせられないし、して欲しくない。

でも抱き締めるくらいなら大丈夫かと思って感情を行動で表してみたら、とてつもない破壊力を持つトラップが仕掛けられていたなんて。

(俺の努力をことごとく……)

昨晩は露骨な下着姿で、今度は妄想を駆り立ててくる姿で無自覚に刺激してくる菜月。

休日の自宅に二人きりの空間というその状況は、湊にとっては戦場のようだった。

(我慢、我慢……)

そう頭の中で唱え大きく深呼吸した湊は何とか欲望の渦から脱出でき、無言のまま買ってきた食材を片付けはじめる。

しかし赤く染まった頬まではどうすることもできずにいたので、火照りが引くまでの間、菜月の作業が少しでも長引くようにと願った。

やっと乾いた下着を急いで身に着けた菜月は、脱衣所のドアを開けて控えめに顔を出す。

するとキッチンで何やら作業をする湊が見えたので、そっと近づきバツが悪い表情で声をかけた。

「……先ほどは、大変失礼しました……」

「いいえ、俺の方こそ許可もなくすみません」

「さ、桜木くんは悪くない、から」

「……でも、気をつけます」

ぎこちない会話のやりとりをしつつ、下を向いたままの湊は食材を手際良く包丁で切っていく。

声色からも湊が不機嫌ではないことがわかってホッとするも、少々気まずい空気は漂い続けているので話題を変えようと菜月が問いかけた。

「何、作ってるの？」

「朝食まだだったんでパスタを、ってもうすぐ昼なんですけどね」

「パスタ？　大好き！」

パッと笑顔が咲いた菜月は一瞬にして先ほどの失態を忘れ、パスタ一色の脳内へと早変わりする。

その子供のように喜ぶ様子と『大好き』の言葉を聞いた湊は、胸の奥からじんわりと温まっていくのを感じた。

「……和風、好きですか？」

「和風が一番好きだよ！　しかも桜木くんの手作りなんて楽しみだ〜」

一気にテンションが上がって心躍る菜月だったが、ふとある事を思い出して落ち着きを取り戻す。

菜月が湊にお礼をするはずなのに、湊におもてなしされているこの状況に疑問を抱いたから。

「……これって私、お礼になってなくない？」

「なってますよ、食事に付き合ってくれるんですから」

「でも……」

湊が食材を買って切って調理して、出来上がったパスタをいただくだけの菜月。

そんな事、わざわざ〝お礼〟として使わなくたって。

一緒に食事する事くらい、湊が望めばいつだって付き合ってあげられるのに。

今の二人の関係では、そこまで踏み込む事が躊躇(ためら)われる。それは重々承知しているけれど、それでも菜月は少し距離を感じた。

恋人関係であったなら無条件にしてあげられる事も、自分達には何をするにも同意や許可がいる。

(それもそうか。私がどうなりたいのか、桜木くんは知らないから……)

昨日まで色々あったけれど、多分今も菜月の事を好きでいてくれているのはわかる。たまに見せる笑顔が、とても温かくて穏やかだから。

「……桜木くん、私……」

菜月は、ずっと言えずにいた大事な想いを打ち明けようとする。しかし洗ったばかりの手をタオルで拭く湊には、別の捉え方をされてしまう。

「はいはい、横井さんはゆっくり座っていてください」

「え？　あの、違……」

「お客さんなんだから、手伝わなくていいんです」

菜月は湊に優しく背中を押されながら、リビングまで誘導されてしまった。

体調を気遣ってくれたのか、それとも菜月に料理は危なっかしいと思ったのか。

恐らく、どっちもだろう。

(確かに、得意ではないけれど……)

一人キッチンへと戻っていく湊の背中を拗ねた心で見送り、きちんとタイミングを考えて切り出さなくてはと思い直した菜月。

何もする事がなくて、見慣れないリビングを何気なく歩き回ってみた。

(普段から綺麗にしてるんだろうなぁ)

爽やかさを演出する淡い緑色のカーテンと、埃ひとつ見当たらない木目のディスプレイラックにローテーブル。

これが湊のプライベート空間だと改めて思うと、つい胸が高鳴ってしまう。

すると整頓された書籍達に混じって、背表紙にタイトルが書かれていないＢ５版ほどの分厚い本が一冊、菜月の目に留まった。

そっと手に取って開いてみると、均等に写真が綴じられていたので、アルバムなんだとすぐに理解した。

オレンジ色に染まる夕焼けと山々、晴れ渡った青空に菜の花が写り込む写真など、自然の風景が多くおさめられている。

素人の菜月から見てもその美しさや尊さが伝わって感動していると、最後のページに貼られた写真に動きを止めた。

（あれ、これって……）

数名の若い男女が集合している写真。

どこかで見た事があると思っていたら、以前後輩の山田が職場で拡散していた、湊の大学時代の画像と同じ物だと気が付く。

今より多少、線が細くて幼さが残るも、優しい微笑みを向ける大学生だった頃の湊。

（少しあどけないけど、それでもモテそうな雰囲気だなぁ）

しかしこのアルバムは、恐らく湊にとってあまり見られたくないものだと感じ取った。

菜月は、湊の過去にまつわる話をキッカケに険悪なムードになった事を思い出した。アルバムを手にしたことを気付かれる前に、元あった場所に戻そうとした時、その影は既に背後へと迫っていた。

「気になります？」

「ひあ⁉」

突然耳元で声をかけられ、びくりと体を震わせた菜月は、奇声と同時に手からアルバムを落としそうになる。

できたてのパスタを盛った二つの皿をローテーブルに静かに置くと、湊は何食わぬ顔でソファに腰掛けた。

「こ、この風景写真、桜木くんが全部撮ったの？」

「大学時代に写真部だったんで、その時のです」

「へぇ、素敵な写真ばかりだね」

初めて聞いた話に、また一つ新たな湊を知る事ができたと菜月は思った。

しかし過去を振り返る湊に笑顔はなく、表情に影を落として菜月が大事そうに抱くアルバムを見つめていた。

「その頃は、あまりいい思い出がないんで」

「そ、そっか……」

「けど、おかげで横井さんに出会えたのは良かったかな」

「へ……っはい!?」

身に覚えのない一言に驚きを隠せない菜月は、目を丸くして声を大にした。

菜月の所属する営業企画部へ一年前に異動してきた湊。

その時が初めての出会いと考えていた菜月だったが、どうやらそうではないらしい。

しかし学生時代の湊と菜月を結びつけるものなんて、何もないはずなのに。

「やっぱり覚えてなかった」

「いやいや待って、だってそんな」

「まあ、覚えてないって事は、ずっと前からわかっていましたけどね」

明らかに戸惑っている菜月の手を優しく取った湊は、くいっと引き寄せてソファに誘い、自分の隣に座らせた。

「まずは冷めないうちに食べましょう」

「ご、誤魔化した……」

「違いますよ、思い出話は食後でも遅くないって事です」

先ほどまで暗い表情をしていた湊が、柔らかい微笑みでフォークを差し出してきた。一旦気持ちを落ち着かせた菜月は、口をつぐんでそれを受け取る事にする。

目の前に置かれた湊特製の和風パスタは、木製プレートの真ん中で山のように盛られていた。刻んだ大葉が木々のように麺を覆い、キノコとバター醤油（しょうゆ）の香りを漂わせている。

まるで専門店で注文したような出来栄えに、菜月の心は一瞬にして食欲に染まった。

「あれ？　桜木くんてシェフだったのかな？」

「得意なんです料理」

「（なんでもできちゃうのね）……い、いただきます！」

感心しながらゴクリと喉を鳴らした菜月は、両手を合わせて自然と笑顔をこぼす。

その横顔を眺めながら湊が思い出して重ねたのは、五年前に見た同じ横顔だった。

＊　＊　＊

桜木湊、大学三年生の秋。

日が傾きかけていたキャンパス内のベンチに一人座る彼は今、口角に血を滲ませた状態で空を見上げていた。

そしてミラーレス一眼カメラを構えて、夕焼け空にシャッターを押す。

（もう写真部には顔出せないな……）

湊には中学の時に知り合って以降、高校に大学、そしてサークルさえも同じになるほど仲の良い、一人の友人がいた。

男同士で互いに理解し合い何でも気兼ねなく相談できる関係だったが、それは身勝手な一人の女性の行動で一気に崩れてしまう。

あれは遡（さかのぼ）ること一時間前。

一日の講義が全て終わり、誰もいない写真部の部室に立ち寄った湊。その後を尾（つ）けていたのは、胸元まで伸びたゆるふわな髪を揺らす、お人形のように可愛い顔立ちの女性。

ドアの開閉音を聞いて湊が振り返ると、女性はにこりと微笑んでいた。彼女は湊にとって、よく目にする人物だった。

『……アイツは今日バイトだから、部室は寄らないと思うよ』

『知ってる。だから来たの』

『どういう意味？』

『私ね、桜木くんに話があるのよ』

友人と同じ学部の彼女。二人は付き合ってもうすぐ、一年になるとかならないとか。そんなあやふやな情報しか持っていなかった。

ただ友人がずっと片想いをしていた相手で、その魅力や脈アリ的なエピソードはよく聞かされていた。

告白が成功してようやく交際をスタートさせた時はすごく喜んでいたし、可愛い彼女をサークルの集まりに連れてきてはよく自慢したり惚気(のろけ)たりしていたのを思い出す。

友人が彼女を強く想っている事は誰もが周知していて、そこまで人を好きになった事がない湊にとっては、そういう相手がいるのは羨ましい限りだった。

『……俺に、何の話？』

そんな友人の彼女が、折いって自分に話とは一体？

まさか交際一年を記念してフラッシュモブでもやらされるのではと心配した湊だったが、予想外の答えが返ってくる。

『彼と別れて、桜木くんと付き合いたいの』

『……は？』

突然の衝撃的な発言に、脳内での処理が追いつかない。

そんな湊のもとに歩み寄った彼女は、何の躊躇もなく突然抱きついてきた。

『ちょっ⁉』

『桜木くんの方がタイプだし、落ち着いてるし。彼よりも早く知り合えてたら、良かったのに』

『……何言ってるか、わかってんの？』

友人の彼女が自分と交際したいと打ち明けてきて、それを友人と湊の関係を知りながらも平然と話してくるという事実が。

『ありえないだろ、俺はアイツと……ッ⁉』

「友達なんだから」。そう言い返したかった唇が、背伸びをした彼女のローズレッドに色付いた唇で簡単に塞がれてしまった時、部室のドアが音を立てて開いたのがわかった。

『っ!?』

すぐに彼女の体を押し返したがもう遅く、決定的な瞬間は一番見られたくなかった友人の心臓をえぐり取る。しかしその表情はまるで全てを悟ったように静かで、気まずい雰囲気を放つ彼女に向かって言葉を絞り出した。

『……最近、やたらと湊の事を聞いてくると思って追いかけたら、そういう事かよ』

『さ、桜木くんを好きになっちゃったんだもん、だから私と別れ……』

部室のドアを開けて立ち尽くしていた友人は、彼女の言葉を遮るように湊へと突進していき、その左頬を思い切り拳で殴った。

バキィ!!

『ッ!!』

『きゃっ……!!』

衝撃で壁に背中を打ち付けた湊は、混乱と痛みで顔を上げられず、俯いたまま動かない。

一方で、初めて見る彼氏の暴力行為に驚きと恐怖を覚えた彼女は、小さな悲鳴を漏らした後、部室を飛び出していった。

こんな理不尽な事……。自分は何も悪い事をしていないのに、何故殴られるのかと湊は疑問を抱く。

しかし友人も同じく、彼女の言葉と他の男とのキス現場に傷ついているはず。怒りの矛先(ほこさき)をか弱い女性である彼女に向けられないのなら、今だけはそれを受け止めてやろう。

そして最後には笑い合って、もっといい子が見つかると鼓舞したら、今までと変わらない日々がやってくる。

そう思っていたのは、湊だけだった。

『……湊、知ってるか？』

『つ……？』

『これで五回目だよ、お前を好きだって理由で俺がフラれんのは』

『……え』

初めて聞かされた真実に、息をするのも忘れそうになる。

友人は湊を殴った拳を押さえながら、顔を歪めて長年奥底にしまっていた感情をゆっくりと言葉にしていった。

『顔がいいだけで、口数少ねーしマイペースだし、それほど恋愛にも興味なくて……』

『待っ』

『けど気が合って、どんな時も隣にいると居心地良くて。いい奴なの知ってるから、ずっと一緒にいられたんだっ』

だから過去に湊を理由にフラれても、今までその真実を話さずに何食わぬ顔で友情を続けられた。

しかし今回の件で我慢の糸がプツンと切れてしまった。友人は湊を殴った事で、この友情を終わらせる道を選ぶ。

『湊が悪い訳じゃねーけど。もう、限界だわ……』

そう言い残して静かに部室を立ち去る友人とはそれ以来、直接顔を合わせる事も連絡を取る事もしなくなった。

加えて友人と彼女が、あれからどんな結末を迎えたのかも知らない。

(俺は知らない間に、アイツを傷つけていた……？)

そんな素振りは微塵も見せず、憎いはずの湊と何年も一緒の時間を過ごしてきた。

そう思うと、今回の友人の判断は正しいのかもしれない。

自分を不幸にする人間と無理に付き合う必要なんてないし、そんなストレスを抱えて過ごす事も、本日を以て終わりとなる。

だから今、湊が抱く喪失感なんて、友人の事を考えれば迷惑なだけ。

部室での修羅場から一時間が経った今、湊はそんな結論に至った。

しかしベンチから立ち上がる気力は未だになくて、先ほどカメラにおさめたばかりの夕焼け空を、ただただ眺めていた。

そんな姿をはるか遠く離れた場所から発見し、時間を持て余している学生がいると勝手に判断したのは。

「……ませーん」

湊が今、人生で一番と言っていいほどのどん底にいるとは知らず、大きく手を振りながら弾んだ声をかけてきたのは。

社会人一年目で職場の先輩にコキ使われている真っ最中の、グレーのスーツを身に纏う菜月だった。

「すみませーん！　そこの、カメラをお持ちの学生さーん！」

「……？」

手にはアンケート用紙を挟んだバインダーを持ち、躊躇する事なくこちらへと走って近づいてくる。

「就活を控える学生さん達にお話を伺い、構内を回っているのですが。今、お時間大丈夫ですか？」

目の前に立つ菜月はまるで、自信と希望を体中から神々しく放ち、〝今〟を楽しく生きているようだった。湊はあまりにも対照的な自分の姿を思い知り、慌てて口元の傷を隠す。

「……今、ですか」

「はい！　今です！」

正直そんな気分ではないし、他人と会話をする余裕もない。かと言って、期待に満ち溢れた瞳を向けるお姉さんからの声かけを断って、ガッカリさせるのも心苦しい。

「……わかりました」

「ありがとうございます！」

菜月は満面の笑みで感謝の意を伝えると、ベンチに座る湊の隣に腰掛けて、一枚の名刺を差し出した。

そこには誰もが聞いた事のある大手企業〝フロラシオン・ラソ〟という社名と部署名に並んで、真ん中に大きく〝横井菜月〟と印字されている。

「私こういう者で、今日は弊社のパンフレットを大学にお渡ししたところです」

「はあ……」

「あと学生さんの就活についてのリアルな声も集めていまして……」

社会人として一年目の菜月は、がむしゃらに与えられた仕事をこなす日々を送っていた。

そんな、自分と歳が近いであろう人の働く姿に、湊は少し先の未来を見たような気持ちになる。

アンケート記入の準備をする、キラキラした菜月の横顔を眺めながら、受け取った名刺を静かに上着のポケットに入れる。

「何年生ですか？」

「三年です」

「じゃあ、もう就活中って感じですかね。ご実家？」

「いえ、一人暮らし……」

質問しては湊の回答をアンケート用紙に書き込んでいく菜月。

飽きさせないように明るい声で、雑談を交えながら進めてくれるおかげで、少し気持ちが紛れた湊だったが。

「じゃあ次です、今悩みはありますか？」

「っ、悩み……」

その菜月の質問に一瞬息を止め、言葉を詰まらせてしまった。

長年共に過ごしてきた友人には、先ほど殴られたのちに関係を断たれ。その友人の彼女には、好きでもないし望んでもいないのにキスをされた。

そんな苦い記憶を残す場となった部室には、もう顔を出せないだろう。

これから就職活動に卒業論文と忙しくなるはずなのに、喪失感を抱く湊は目指すものがなく意欲も湧かない。

「あの、悩みはありま、すか……？」

暗い表情と伏し目で沈黙してしまった湊に気付いた菜月は、何かを察して一旦アンケートを中断する。

そして鞄の中から何かを取り出し、様子を窺いながらも優しく声をかけた。

「甘い物、好きですか？」

「え？」

唐突に別の話を切り出した菜月に、沈黙していた湊は思わず顔を上げた。

パチッと目が合った菜月の視線が、そのまま自分の口元の傷に移ったのがわかる。

マズイと思った湊は、不自然に顔を背けた。

（……今の視線の位置、絶対に見られた）

誰が見ても殴られてできた傷だとバレるから、何を問われるかと身構える。

しかし菜月はそれに気付いた上で、湊の目の前に手を伸ばしてきた。その手のひらには、透明のフィルムに包装されている五百円玉サイズのハート型のチョコレートが、一粒だけのっていた。

「……私の大好きなチョコなんですけど、知ってます？」

「……CMで、見た事が」

「糖分を摂取すると、脳内で幸せを感じる何かが出るらしいです。しかもこのぷっくりと膨れたハートのフォルムがめちゃくちゃ可愛いですよね！」

「まあ……そうですね」

「なのでお一つどうぞ！」

甘い物に対する好き嫌いの回答がまだなのに、菜月は強引に湊の手を取って、ハート型の可愛いチョコを握らせる。

そしてもう一つ同じチョコを取り出すとその場で開封し、自分の口に運んで頬が落ちる余韻に浸っていた。

菜月の言うことが正しければ、今この瞬間、脳内では幸せを感じているはず。なのに何故か突然、彼女は仕事に関する愚痴を学生である湊にこぼしはじめた。

「実は、今組んでる先輩が本当に人使い荒くて、すっごく疲れるんですよ」

「……はあ」

「だから糖分を常備しておけば、ストレス感じた時にすぐ、自分を癒せるって思いました……」

そう言いながら、チョコを舌で転がして幸せそうに微笑む菜月。

それを見た湊はようやく理解した。アンケートを中断してチョコを渡してきた菜月は、仕事を放棄してまで自分の事を気遣ってくれたんだと。

受け取った一口サイズのチョコを見つめながら、まるで元気が出る魔法の薬を貰ったような感覚。

辛いよね、逃げたいよね、悲しいよね。

でもいつか時が経って、そんな事もあったと思い出せる頃にはきっと。

「心も強くなりますよ！」

「っ……」

自分はたくさんいる学生のうちの一人。仕事でたまたまやってきただけの社会人に、たまたま声をかけられただけなのはわかっている。

それでも一つだけ、確実に言えるのは。

突然現れた〝横井菜月〟という女性が、事情も理由も知らないはずなのに、友達でも家族でも恋人でもない初対面の学生をどん底から引きずり上げて、微笑みかけてくれたという事。

その時だった。

「横井――!!」

遠くから機嫌の悪そうな男性の大きい声が、菜月のことを呼んでいた。

振り向いた先にいたのは、湊にとっては見知らぬ三十代くらいのサラリーマンだが、菜月にとってはとても恐ろしく、人使いが荒いと言っていた……。

「うわ、先輩だ!」

「一旦会社戻んぞー! 早く来い!」

「は、はいっ!!」

慌てて立ち上がった菜月は、バインダーとボールペンを急いで鞄の中にしまいこんだ。

その様子を隣で見ていた湊は、相当怖い先輩なんだなぁと社会人の大変さを目の当たりにすると同時に、突然やってきた別れを少し惜しむ。

「お忙しい中、ご協力ありがとうございました!」

「いえ、全然何もできず……」

「就活応援してます。チョコ食べてくださいね」

そう言って笑顔で手を振る菜月は、パンプスを履いているにもかかわらず、先輩のもとへと走って向かっていく。

そしてペコペコと頭を下げた後。先輩の隣に並び、振り返る事なく正門方面へと歩きはじめた。

「……怒られたりしないかな、あの人」

アンケートの時間は五分もかかっていなかった為、充分に回答していない事を湊は心配する。

本当にあっという間だった。それでも強く印象に残る、自分だけに向けられた笑顔と、かけられた優しい言葉。

もしかしたら精神的に弱っていた事により一時的に感動し、都合良く受け取りやすくなっているだけなのかもしれない。

それでも、お礼を言うべきはこちらの方だったと悔やんだ湊は、見えなくなるまで菜月の背中を見送った。

再び一人となってしまい、また気分が落ちるかと思ったが、自分の手のひらに目を向ける事でそれを回避する。

「……いただきます」

貰ったばかりの一口サイズのハート型チョコレートを開封して、ぽいっと口に運ぶ。

舌に広がる糖分と鼻奥を通っていくカカオの香りが、体中に散らばる悲しい感情を徐々に溶かしていく……が。

「甘すぎ……」

予想以上に強い甘味。それが妙におかしくて、笑みをこぼした湊は正直な感想を呟いてしまった。

そして視界が少しずつぼんやりと滲んでくるのを、歯を食いしばって耐える。

「でも、あの人らしいかも」

きっと二度と会う事がないであろう、菜月を思い出させる濃厚で鮮烈な甘さ。

それは傷ついた湊の心を徐々に癒し、また深く記憶に残るほどの〝運命の出会いの味〟として、その後の人生に影響を与えた。

あれから一年以上が経った春。大きな会場でとある会社の入社式がもうすぐ開始時間を迎えようとしていた。

真新しいスーツを着る新入社員達が緊張しながら着席する中、やけに落ち着いている湊の姿があったのだが。

目元を隠すような前髪と近寄り難い雰囲気を纏い、学生時代の印象をガラリと変えての社会人デビューとなっていた。

友人との一件を踏まえて、同じ過ちを繰り返さない為にも。

この入社を機に、他人の色恋に巻き込まれる事がないよう。また、人を傷つける事がないよう目立たず静かに過ごす人生を湊は選んだ。

そしてもう一つ。

湊はスーツの内ポケットから一枚の名刺を取り出す。

あの時に貰った、菜月の名刺。

就職活動の時期に入った湊は、そこに書かれた企業に入社することだけを考えた。

そしてインターンシップに参加して試験と面接をクリアし、ついに菜月と同じ会社の新入社員となったのだ。

あとは希望の部署に配属されたら、再会できるはずなのだが。彼女が現在も営業企画部に所属しているのか、そもそもあれから一年以上経った今でもこの会社を辞めずに勤めているのかさえも不明。

それでも望みをかけて入社を決意したのには訳があった。

あれから何度も思い出す。

思い出すと胸が熱くなる。

これが恋だと理解するのに、そう時間はかからなかった。

一度しか会った事がなく、また簡単には会えない幻のような人物に、湊の想いは日に日に募(つの)っていくばかりで。

(我ながら、ヤバい事やってるのは自覚してる。けど、やっぱりもう一度、会いたい……)

あの日の出来事を忘れていてもいい。恋人がいても、結婚して誰かのものになっていてもいい。

ただ〝桜木湊〟という人間が存在する事を知って欲しい。

(あの人は、俺の名前も知らないままだから……)

そう強く念じながら名刺を眺めていると、入社式の開始を知らせるアナウンスがはじまった。

会場の照明が徐々に落とされ薄暗くなっていく中、静かに内ポケットへと菜月の名刺を戻した湊は、希望に満ちたような顔を上げる。

何ヶ月かかろうと、何年かかろうと構わない。

社内のどこかにいるであろう菜月の人生のページに、名前を刻む為だけの人生を選んだ事を。

後悔はしていない。

第十二章　一緒に過ごす休日

美味しかったパスタはすっかり胃の中におさまり、食後のホットコーヒーを飲みながら並んでソファに腰掛ける二人。

そこで長い間胸の内に秘めていた、菜月との初めての出会いについて打ち明け終えた湊は、チラリと隣の様子を窺う。

頬を赤く染め口は半分開き、声を出せないくらいに菜月は衝撃を受けている。

「ちゃんと聞いてましたか？」

「き、聞いてたよ……」

「で、感想は？」

冷静な表情で菜月を見つめる湊だったが、内心では恐怖を抱いていた。

菜月を追って入社までしてきた自分の知られざる過去を、何と思うだろうかと。

人によっては気分を害したり、まるでストーカーのようだと拒絶したりする事もあるかもしれない。

そうすればもう、こうして休日を共に過ごす事も触れ合う事もなくなって。ただの職場の後輩に逆戻りならまだしも、口もきけず目も合わせられなくなれば最悪の結末。

その覚悟を持って話す決意をした湊は、返答を待ちながらも不安げに視線を落とした。

すると下唇を噛み締めていた菜月が、今にも泣き出しそうな表情を浮かべてようやく口を開く。

「バカだよ、桜木くん」

そう言うと、滝のように感情が溢れ出して抑えきれず、自分から湊を優しく抱き締めた。

「え……？」

「何で、何年もかけてこんな私のこと……」

そんなに待ってもらうほど価値のある女じゃないし、五年前に既に湊と出会っていたことも忘れていた非情な人間だ。

なのに一途に追いかけ、かと言ってすぐに想いをぶつけてくることもなく。

じっとその時を待っていたというの？

「……俺、初めてなんです。自分からこんなに人を好きになったのは」

「え？」

「だから何をどうはじめたら良いのかもわからず……」

菜月の腕の中で、恥じらいながらも正直な気持ちを話す湊。

それを聞いて、菜月はずっと胸の中に抱いていた謎がようやく解けていくような感覚に襲われた。

「まさかそれで、あんな依頼を……？」

「……少しだけ酒の力を借りたら、ヤケになってしまって」

菜月は部署の飲み会の帰り道で、妙な色気と微笑みを浮かべ突然とんでもない依頼をしてきた湊の台詞を思い出す。

『俺とセックスしてください』

湊が異動してきて一年。何の発展も見込めないただの先輩後輩だった二人の関係は、この一言によって動きはじめたと思われていた。

しかし本当は違っていた。それは、一人の社会人女性に恋をした一人の男子学生によって、五年前から既にはじまっていたのだ。

その長きに渡る、一途で健気な恋物語の真実を知った菜月は。

「……ふふ」

「？」

「あの台詞を聞いた時は本当に腹が立ったけど、今思うと何故か笑えてきちゃう」

突然、控えめに口元を隠した菜月は、記憶を蘇らせながら笑い声を漏らした。

依頼をされた日以降、散々心を乱されて生活が一変したように思えたけれど。湊にとっては一生懸命にもがいて悩んで、どうしようもなくて出てきた言葉だったなんて。

そんなの、愛おしさが倍増するに決まっている。

「桜木くんって、仕事は完璧だけど意外と不器用なんだね」

「む……」

それは湊が心配していた拒絶とは、ほど遠い反応で。少しだけホッとするも、同時に恋愛下手をからかわれた気がした。

ほんのり頬を染めて拗ねた表情を見せた湊は、未だ無防備に微笑む菜月の肩を掴みソファへと押し倒した。

「うわ！」

「笑いすぎです」

「ご、ごめんね。だって……」

驚きつつも、覆い被さって見下ろしてくる湊の反応や言葉、全てが可愛くて。

自然と伸びた菜月の両手は、湊の頬を優しく包み込む。

「そのおかげで、私はもう桜木くん一色なんだから」

「え？」

「責任とって、正式な恋人になってよね？」

「それって……」

今度は菜月が恥じらいながら、ずっと伝えられなかった想いを打ち明ける。はっきりと交際する意志を示してきた言葉に、湊は目を丸くする。

気持ちは伝えても、関係を縛る事は恐れ多くてできなかった湊にとって、それは一番欲しかった形。

「桜木くんに拒否権、ないよ？」

「……もちろんです、むしろ」

五年の歳月を経て、やっと実った恋に嬉しさを爆発させた湊が菜月の体を強く抱き締める。

「やっと届いた、もう絶対手放しません」

「うん……」

そうして見つめ合った二人は言葉もなく徐々に唇を寄せ合うと、コーヒーの香りを纏いながら今までで一番の甘いキスを交わした。

絶望の淵にいた五年前のあの時、湊が味わったチョコを思い出すほどの。

気持ちを確かめ合うだけのキスのはずが、久しぶりの感触が二人を徐々に加速させていく。

「ん……っ」

舌が絡むと吐息が漏れ、その音が耳に届いて更に歯止めが利かなくなった時。

「っ……!?」

「あ……すみません、そんなつもりは」

体が密着した事により、熱くて硬いものが菜月の太腿(ふともも)に当たる。

服越しでもわかるそれを申し訳なく思った湊だが、隠し切れない素直な体の反応は互いの心に更なる火をつけた。

すると菜月は湊の首へと、何の躊躇いもなく自身の腕をゆっくりと回す。

昨晩、ベッドの上で誘惑された場面を思い出した湊が堪らず赤面していると、今度は意識がはっきりした菜月が小さく呟いた。

「……いいよ、しても」

「ダ、ダメです、横井さん体調崩してるし」

顔を背けて遠慮をするも、それは口先だけのこと。一方では、どんどん込み上げてくる欲の存在を情けないほど自覚している。

必死に鎮火しようと努める目の前の湊に、少し物足りなさを感じていた菜月は。

「心配してくれてありがと。でも本当に大丈夫だから」

「でも」

「それに、私……」

そう言いかけて突然、耐える湊を煽るようにズボン越しのそれにそっと触れてきた。湊は伝わってくる僅かな指の感覚にびくりと体を反応させて、危うく声を漏らすところだった。

スッとラインに沿ってそのまま指を滑らせた菜月は、自身の火照った体をどうする事もできずに潤んだ瞳を向ける。

「今、ちゃんと欲してるよ。桜木くんの事」

「横井さん……」

「だから、私とセックスしてください……」

同じ言葉で、同じ想いで。

恥じらいながらも、菜月はハッキリとした意思のもと、あの台詞を口にする。その言葉と上目遣いに翻弄された湊が、自分を抑えられるはずもなく。

固く瞼を閉じたのちに自制心が折れ、すくっと立ち上がった湊はソファに押し倒していた菜月の上体を優しく起こす。

「……もう、どうなっても知りませんからね」

菜月のペースに流されている事に、男として悔しそうな顔を浮かべる湊。しかし内心は嬉しくて口元が緩んでしまい、それを誤魔化すように細い腕を引き寄せる。

「寝室、行きますよ」

「……うん」

そんな表情も何だか可愛くて。母性をくすぐられる感覚に陥る菜月が再び笑みをこぼすと、それを目にした湊は無言で思った。

(昨日から我慢していた分、めちゃくちゃにしてやりますから……)

そんな風に心の中で決意すると、晴れて恋人関係となった菜月を寝室まで導いて静かに扉を閉めた。

午後の日光に照らされる寝室は夜とは違う雰囲気が漂い、日差しを浴びる布団の表面はホカホカに暖められていた。

「こんな昼間にするの、初めてですね」

そう呟いた湊は心を弾ませながら、菜月の体をゆっくりとベッドに沈ませ、すぐに覆い被さって唇を重ねた。

触れるだけのキスはどんどん深みを増して絡み合い、服の上から優しく胸を撫でられると菜月の息は徐々に上がっていく。

「はぁ……」

湊の過去も想いも受け入れた菜月は、自分の心の変化も相まっていつもと体の反応が違う事に気が付いていた。

それは菜月のショーツの中に手を忍ばせた湊にも、すぐに知られてしまう。

「……菜月さん」

「な、に……」

「今までで一番濡れてますよ」

「い、言わないでよ！」

激しいスキンシップの前からこんなになっているとは予想していなかった湊が、自分の手にまとわりついてきた愛液の量に、喜びと驚きの表情を浮かべる。

しかし顔を真っ赤にして恥じらう菜月には、その理由がわかっていたのだ。

「桜木くんの事考えたり、触れたりしたら、いつの間にかそうなるの！」

「え？」

「体が覚えたみたいに、すごく敏感になって……」

体の芯も下腹部の奥もきゅうっと音を鳴らし、自然と火照り出した細胞が勝手に受け入れ準備をはじめる。

体の相性、なんてことは経験の少ない菜月にはわからないけれど、一つだけハッキリしている絶対条件は。

「それは、俺じゃないとダメって事ですね？」

「……他に、誰がいるっていうのよ」

あえて問いかけてきた湊に対し、正直に気持ちを伝えた菜月はムスッと頬を膨らませて拗ねるような表情を向ける。

もうわかっているくせに。

この体を満たして愛して、同じだけ熱を分かち合ってくれるのは、それができる人物は。

この世でたった一人である事を。

「ですよね、じゃないと困る」

「……っ」

「菜月さんを満足させられるのは、俺だけですから」

「つあ……」

敏感な蕾を一舐めされると、菜月の体がびくりと跳ねた。ずっと待ち望んでいた刺激を直に与えられて、更に鼓動が加速していく。

そんな反応が可愛すぎて胸が締め付けられた湊は、もっと見てみたいと欲が出た結果、突然内腿に唇を滑らせた。

「ひぁ……く、くすぐったいよ」

「動かないで」

「無理ぃ」

耐えきれずに体をくねらせ声にならない声を漏らす菜月に、今度は半分からかうように何度も音を鳴らしてキスを落としていく湊。

こういう戯れ合う時間も堪能しつつ、そろそろ限界を迎えそうな湊は、最後の口付けを強く吸い上げて赤い花びらを内腿へ残していった。

湊に一日付き合うという約束は、日が暮れた時間になっても継続していた。

夕食までも共に過ごした菜月は今、最後の汚れた食器をキッチンまで運んだところだった。

「これでラストだよ」

「ありがとうございます、助かりました」

それを受け取った湊が手際良く洗っていくのを、手持ち無沙汰となった菜月はカウンターに頬杖をついて覗き込む。

「……何か、お手伝いすることある？」

「もう充分です、あとは俺がやりますから」

「でも……」

「菜月さんはゆっくりしていてください」

「そう？　じゃあ……菜っ!?」

不意に下の名前を呼ばれて赤面すると、恋人なんだから何も問題はない、というような視線を送ってくる湊。

こういうのも、恋人だからこそ味わえるんだと思うと、菜月はより一層交際した意味を理解してますます実感が湧いてきた。

それと同時に、自分はどのタイミングで湊の名前を呼ぶべきなのかと思い悩んでいると。

湊は泡のついた皿を濯ぎながら、少し気になっていた事を口にする。

「昨日、何で俺のところに戻ってきたんですか？」

「へ？」

「……送ってもらうはずの風間さんと、何かありました？」

「っ！」

その問いに、言葉を詰まらせた菜月の表情が引き攣ったのを、湊は見逃さなかった。

菜月自らが拒否して未遂には終わったものの、一瞬気を許してキスをされそうになったのは事実。

その罪悪感が再び心を支配していくと、すぐに湊が謝罪する。

「すみません。突然、変な事聞いて」

「……ううん」

「あの、仮に何かあったとしても、菜月さんは悪くないって言いたかっただけなんです」

「え、どうして？」

風間の正体も思惑も知らない菜月は、湊の言葉に納得ができなくて不安げな顔をした。

このままこの話を終わらせては、菜月がずっとモヤモヤを引きずると思った湊は、事前に用意していた話を打ち明ける。

「風間さんは、俺への当て付けで菜月さんに近づいたのかもしれなくて」

「……な、何でそう思うの？」

「ほら、俺の、風間さんへの失礼な発言とか。態度が悪いから」

「……自覚あったんだ」

湊は、風間がクラッシャーである事も、三國にした最低な行為も伏せて、別の理由にそれを置き換えた。

人伝いで聞いた話を、当事者でない自分が真実のように話すのは違う気がした上、三國や風間の名誉もある。

何より、先輩として風間を尊敬している菜月を、今以上に混乱させたくなかったというのが一番の理由だった。

すると菜月は顎に指を添えて少し考え込み、妙に納得した口調でゆっくりと話しはじめた。

「……私もね、何で急に風間さんがあんな事言い出したのか不思議だったの」

「え？」

「しかも、わざわざ桜木くんの前で……」

『横井さんに相応しいのは、君じゃない』

残業中の菜月と湊のもとに、風間がやってきた時のあの会話と違和感。

まるで湊が菜月に好意がある前提の物言いと、わざと波風立てるような宣戦布告だった。

ずっと引っかかっていた風間の言動は、湊の一言で少し解決したような気持ちにもなるが。

（それが恵の言っていた、風間さんの黒い部分なのかな？）

気に入らない人物への当て付け。

しかしたったそれだけの理由で、菜月に差し入れをして体調を気にかけたり、昨夜のように介抱してくれたりするものなのか、疑問にも思う。

「でも風間さん、根は優しい人だよね」

「は？」

「気遣いできるし、顔色窺うし。それって人の事をよく観察したり意識してるからだと思うんだ」

「それは……」

「もしかして、桜木くんを焦らす為に私に近づいた、焚きつけ屋だったりして？」

ふふっと微笑んでそんな可能性を言葉にした菜月に、呆れながらため息をついた湊は心の中で、奴を買い被りすぎ……とツッコミを入れた。

お気楽というか、お人好しというか。

それだけ風間に助けられた実感を持ち、感心や尊敬をしているんだと湊は仕方なく菜月の気持ちを受け入れる。

菜月がそれで納得しているなら、それ以上この話をする必要はないと判断した。

「そういう事にしておきます。ところで」

「ん？」

「いつになったら俺の事、名前で呼んでくれるんですか？」

「ええ!?」

突然話題を変えられドキンと胸を鳴らした菜月が、洗い物を終えて水道を止めた湊の熱い視線を浴びる。

そう言われると自然と言えるものも言いづらくなるし、職場でうっかり名前で呼んでしまわないか心配した菜月は。

「そ、そろそろ帰ろうかな……」

「呼ぶまで帰しませんよ」

「なっ、丸一日たっぷり付き合ったでしょ」

「0時までまだ時間ありますけど」

「そんな！」

日付が変わる時間まで一緒にいたら、終電には間に合わない。

ここでようやく、湊の〝一日付き合う〟という提案の効力の強さを思い知る。

すると濡れた手をタオルで丁寧に拭いた湊が、菜月の体を背後からそっと抱き締めた。

「もう一泊していいんですよ」

「で、でもこれ以上は……」

「明日は日曜日ですし」

何より休日が終わり平日がはじまれば、職場では再び先輩後輩を演じなければいけない。

だから少しでも長く、恋人としての時間を味わいたいと願う湊が、仔犬のように甘えてくる。

「……ずるいなぁ」

仕事の時とは真逆の姿を前に心が大きく揺さぶられた菜月は、自分の肩に置かれた湊の頭を優しく撫でる。

そして明日の自分が、再びこの家の洗濯機を借りる羽目になる想像が、容易にできた。

第十三章　感謝しています

「おはようございます」

「おはようー」

休み明けの営業企画部に飛び交う朝の挨拶。

エンジンがかからず怠そうにあくびをしている者もいれば、リフレッシュ済みの清々しい顔で出勤してくる者もいる。

そんな中、朝礼がはじまるまで土日に届いていたメールをチェックしていた菜月は、いつも通りを装うも心の中では。

(土日の色ボケが、全然抜けない……)

結局湊の家に二泊してしまった訳だが、至れり尽くせりの姫扱いを受けていたので、連日の残業による疲れはすっかりなくなっていた。

しかし心も体も満たされすぎて、仕事開始直前も意識がふわふわしてしまう。

なかなか気持ちが締まらないのは、今まで真面目に仕事へと取り組んできた菜月としては大きな問題だった。

チラリと目線を動かすと、既に出勤している湊もまた、パソコン画面を見つめたままマウスに置かれた手は微動だにしていない。

（もしかして桜木くんも、心ここにあらず？）

あまり見ることのできない職場での無防備な姿を目に焼き付けていると、視線に気付いた湊が菜月と目を合わせた。

「っ!!」

互いに胸を鳴らしてすぐに俯くも、二人だけが知っている内緒の恋人関係とアイコンタクト。

それがまた嬉しくて、ほんのり頬を赤く染めて恥じらいながらもニヤけが止まらない菜月のもとに、何も知らない部長がやってきた。

「おー、おはよう横井」

「部長、おはようございます」

「例のイベント企画書、約束通り期限内に提出できたんだな」

「はい、おかげさまで」

「営業部からもお褒めの言葉を頂戴したぞ」

「……っ！」

上機嫌に話す部長の機嫌を損ねないよう、無理矢理テンションを合わせようと努めていた菜月だったが、『営業部』の言葉を耳にした途端に胸がざわついた。

風間と気まずい別れ方をした先週末。共に取り組んでいた業務に関して菜月は役目を終えたので、今すぐ顔を合わせるということはないだろう。

でもいつかまた、別の企画で一緒になる可能性は充分にある。そんな日がきた時、どんな顔をして挨拶したら良いのか。

「横井？」

「え！　あ、次も頑張ります！」

「おお、頼んだぞ」

そう言って部長が立ち去るのを見送ると、菜月は表情を曇らせる。

湊と恋人同士になれたのは嬉しいけれど、風間との問題が引っかかり胸の奥が締め付けられてスッキリしない。

(よし!)

思い切ってメール作成画面を開き、素早くメッセージを打ち込んでいく。社内で私的なメールのやり取りは禁止されている為、なるべく私用に見えないよう文章を工夫した。

思ったより長文になってしまったが、直接会って話すにはまだ心の準備ができていない菜月の、正直な今の気持ちが書かれている。

そして迷うことなく宛先を選択して、送信ボタンをクリックした。

一日の業務スケジュールを予定通りに仕上げていき、もうすぐ終業時間になるという頃。

菜月は最後に受信メールボックスをチェックするも、風間宛に送ったメールに対する返事は結局こなかった。

もう関わりたくなくてスルーしたのかもしれないが、外回りでメールを確認していない可能性もある。

いずれにしても、あの文章に全てを記した菜月にとっては、これが風間との最後の個人的な接触となるだろう。

（一方的ではあるけど、お礼を伝えたかったから……）

菜月が諦めるようにため息をついた時、デスクに置いていたスマホがブルッと震えた。

すぐに手に取って見てみると、近くの席で仕事をしている湊からのメッセージ。

そこには、仕事を終えたら一緒に食事をしたいという誘いの文が書かれていて、退勤後の楽しみができた菜月は職場である事も忘れ笑みをこぼした。

（なんか、こういうの……）

幸せだなぁと、胸をじんわり熱くさせた菜月が、同意の返事を入力しようとした時。

泣きそうな表情でデスクにやってきたのは、同じチームの後輩である山田と松野。

普段は残業を避けるよう定時内に無理なく仕事を片付ける二人が、もうすぐ帰宅できるという時間に全然嬉しそうにしていない。

「どうしたの？」

「うう～横井さぁ～ん！」

「わ、なになに!?」

山田は同性である菜月に泣き崩れるように抱きついてきて、その後ろにいた松野は申し訳なさそうな様子で事情を説明しはじめた。

「二人で進めていた案件にミスがあって、それが今日中の納期依頼で……」

「え、今日中？」

「結構重要な数字をミスしていて、ほぼ最初からやり直しになるんです。でも、二人だけで作業をするとなると確実に間に合わなくて。すみません」

良識のある松野は自分達の非を認め、また修正をすると締め切りを守るのが難しい事を的確に報告し、業務上のミスを菜月に謝罪する。

山田はただただ、潤んだ瞳で菜月に助けを求めてきている。

たまに小憎たらしい時もあるけれど、可愛い後輩達が困っているのを放ってはおけない。

「報告ありがとう。大丈夫、私も手伝うからもう一度頑張ろう」

「ご迷惑をおかけしてすみません、ありがとうございます」

菜月の言葉で、松野の強張った表情がホッとしたように緩んだ。

そして残業が好きではない山田もまた、今回ばかりは素直に何度も頷いている。

「私、今度から横井さんの事、女神って呼びますね」

「うん、それはやめて」

「女神、この御恩は一生忘れません」

「山田さん話聞いてた？」

そういう訳で、後輩二人に加えて菜月の残業が確定する。自席に座る湊と目を合わせた菜月は、声を発さずに口だけを動かした。

（ごめん……）

（大丈夫です）

申し訳なさそうに詫びる菜月だが、これぱかりは仕方のない事なので、すんなり理解を示す湊。

何より、恋人なのだからまたいつでも約束できるという安心感が、絶大な気持ちの余裕を生むのであった。

仕事を終えた各部署の社員達が、一斉に一階のエントランスを通って退社していく時間帯。

そんな中、少し遅れて姿を見せた湊は不機嫌そうに口を尖らせていた。

何故なら、湊も残業して菜月達を手伝おうかと声をかけたが、あっさりと拒否されてしまったから。その数分前の会話を、湊は思い出す。

『桜木くんは、残業時間が超過寸前だからダメ』

『横井さんの方が寸前です』

『私は立場的に申請すれば何とかなるの！』

『……ズルい』

中堅をいい事にそんな申請までして残業しようとする、先輩であり恋人でもある菜月。後輩思いなのはわかるが、菜月の力になりたいという湊の想いが本日は届かなかったらしい。

そんなやりとりがあって無理矢理、部署のフロアを追い出された湊だったが、このまま帰宅しても心配で落ち着いていられるはずもなく。

一人エントランスのど真ん中で、腕を組んでどうしようか思い悩んでいると。退社する社員の流れに逆らって、会社へ入ってきた人物が目に留まった。

「あ、お疲れ様です。風間さん」

「っ!?　桜木くん……」

先週末の飲み会で、菜月を奪い合うように対峙して以来の対面。

まさか湊から声をかけてくるとは思いもよらなかった風間は少し驚いた顔をするも、いい機会だと話を続けた。

「ちょうど良かった。桜木くんに聞きたい事があったんだよ」

「何ですか」

「三國さんから聞いているんだろ？　俺が過去にしたこと」

「……まあ、はい」

「それ、横井さんには話してないの？」

不思議そうに尋ねてきた風間に対して、身構えていた湊はそんな事かと拍子抜けしたように返答する。

「話す必要ないと思ったんで」

「そう、だからあんなメールを」

「メール？」

初耳ワードにピクリと眉をひそめた湊だったが、少し困ったような表情を見せる風間はその、気になる内容を打ち明けてきた。

「朝、外回りに行く前に社内メールが来たんだよ。横井さんから」

「え？」

「一見、業務内容のような文面だったけど……」

すると風間は視線を落とし、菜月のメールを思い出しながら更に言葉を続ける。

「今までの気遣いや、優しく接した事へのお礼。あと【風間さんのおかげで目標達成できました、感謝しています】って。そこにはポジティブな内容だけが書かれていたんだ」

湊と菜月の仲を引き裂く為に近づいたのに。こんなに感謝されている事を知り、風間は今日一日、妙な気持ちに取り憑かれたまま仕事をしていた。

その正体が罪悪感である事は既にわかっていたが、どこかで認めたくない意地もある。

ただ、〝裏切りは当たり前〟そう思って生きてきた風間にとって、強い意志を持って他の男になびかなかった菜月という存在は、これからの恋愛に対する僅かな希望になった。

「……簡単に言うと、俺は女性不信みたいなものなんだ」

「は？　風間さんが？」

「信じられないだろ？　顔だけで判断して言い寄ってくる女性が多くて。でもそういう人は、すぐまた他のハイスペ男を見つけて去っていくんだ」

それを繰り返していく内に、信じた方、本気になった方が裏切られ馬鹿を見る事を嫌でも学んだ。

だからはじめてしまった、人の心を弄ぶ非情で悪質なゲームを。

風間の行為が、自分と同じ〝不信〟になる人を増やす事になるとわかっていても、止められなかった。

「でも、横井さんだけは本物だったよ……」

「……（三國さんの時みたいに、菜月さんにも迫ったのか？）」

湊の好意に揺れ動いていた菜月を誘惑したが、見事に失敗した。その上、湊と菜月の心に火をつける結果に終わった風間の、クラッシャーとしての今回のゲーム。

勿論、その場面には居合わせていない湊だが、何となく風間の台詞は完敗宣言のように聞こえた。これで一安心。そう思った湊は、続く台詞に動揺する。

「こうなったら本気で、桜木くんと取り合うのもいいかもね。横井さんの事」

「はあ!? ……いや、もう俺の彼女なんでやめてください」

「え!?」

突然の報告に耳を疑った風間が、信じ難いという表情で湊を凝視する。

先週末に、二人が交際していない事を菜月の口から確認したばかりなのに。週明けには、もう結ばれていたなんて。

「……そうか、仕事のことかと思いきや。横井さんが書いていた【目標達成】というのは、桜木くんとの交際の件だったんだな」

メール文を思い返して納得した風間は、今まで男女の仲を壊してきた自分の行為で、結ばれる男女がいた事に心底驚く。

そして、菜月に惹かれつつあった気持ちが絶たれたことを知るが、今までの悪行を思えば当然だろう。

少しだけ残念な気持ちを抱きながらも、二人への後ろめたい思いは少しだけ軽くなった気がして、控えめに微笑みをこぼした。

「じゃあ、別れたら一応報告してね」

「絶対別れませんし、風間さんはもう大人しくしていてください」

「わかってる。もうあんな事は二度としないよ」

「あと三國さんにもちゃんと謝って」

「あ、うん……それなんだけど」

反省しているはずの風間が突然渋い顔をしたので、何かあったのかと湊が首を傾げた時。

見覚えのある一人の女性が、全速力でこちらに走ってきた。

「風間さーん!! 外回りお疲れ様でした！ おかえりなさい！」

「あ、三國さんだ」

「……はあ」

噂をしていた三國本人が風間の帰社に合わせ、まるで秘書のように出迎えにきた。

その姿を確認するや否や、風間はうんざりしたようにため息を漏らす。

息を切らして二人の目の前に立ち止まった三國は、風間と立ち話をしていた相手が湊であった事に気付いて、驚いた顔をする。

「え、桜木さん？　なんで風間さんと？」

「ちょっと話を。もう終わりましたけど」

「まだ終わってないよ！　三國さんを何とかしてよ桜木くん」

困り果てた様子の風間に気付きつつも、構う事なく陽気に説明をはじめたのは三國の方だった。

「桜木さんにも宣言しますね！　私、風間さんを更生させる為に付き纏う事にしました！」

「……は？」

「あ、正しくは正式に交際してもらうまで、諦めないって意味ですけど！」

風間と一夜限りの関係を持って以来、利用されただけと知りながらもどこかでずっと諦めきれず、密かに想い続けていた。

そんな三國は風間に対して、ついに自ら堂々と交際の申し込みを決めたのだ。

強靭（きょうじん）な精神と笑顔で説明を終えた三國だが、突然の展開に思考がついていかない湊はフリーズしてしまい、風間は頭を抱えて項垂（うなだ）れた。

「三國さん、今の俺は誰の好意も受け入れられないって伝えたよね？」

「でも風間さんの過去の過ちを知る私なら、少しは心許せませんか？」

「う、それは……」

「それに私を傍に置いておけば風間さんを狙う女性も減るだろうし、一石二鳥ですよ？」

二度と風間がおかしな事をしないようにと策を考えた結果、自分が風間の彼女となって支えていく事がベストだという結論に至った、三國。

本日からその計画が発動したらしく、既に三國をウザいと思いはじめている風間が、湊に助けを求めようと視線を送るも。

「……確かに。三國さん頑張ってください」

「ありがとうございます！」

「桜木くん、見限ったな……」

「さあ風間さん、部署に戻りましょう！　今日は残業ですよ！」

全てを諦めたような表情をしている風間の腕は、三國にしっかりと掴まれて強引に連行されていく。

そんな二人の後ろ姿を見送る湊は、これで気がかりだった問題が解決に向かっていると確信した。

菜月に未練があるような言葉を発した風間を、引き続き監視していかなくてはと思っていた湊の役を、三國が担ってくれるなら安心できる。

何より風間の悪事に気付きその行為に嫌悪感を抱きながらも、実は一途に想い続けていたらしい三國を、少し見直した。

一度は裏切られた相手をもう一度信じようとするのは、容易な事ではないのに。その表情や声色が、いつにも増して輝きを放っているようで、恋するパワーを強く感じ取ったから。

そんな諦めの悪い三國なら、いつか風間の歪んだ心も正せる気がして期待が高まる湊だが、一方で。

(風間さんの過去に犯した過ちは、どんな理由があろうとも決して許されることじゃない)

ゲームと称する悪質な行為で、一時的にでも休職に追い込まれた者達は、彼を絶対許さないだろうし、風間には今後、それ相応の罰が必ずくだるだろう。

（ただ、どんな人にも救いの手を差し伸べる事が許されるなら……）

この先どのような結末になるか予測不能の中、動き出した二人の関係が良い方向に進むのを、湊は勝手に願う事にした。

一方、営業企画部内ではほとんどの社員が退社している中、週明けの月曜日から残業する羽目になった山田が、早くも我慢の限界に近づいていた。

「……もう無理、担当者に謝って締め切り延ばしてもらいましょうよ」

「山田さん、まだ一時間しか経ってないから」

「横井さんが手伝ってくれているのに、山田が諦めてどうするんだよっ」

菜月が優しく宥め松野が厳しく鼓舞するも、元々集中力が持続しないタイプの山田はこの状況に不満が止まらない。

「松野がもっと早くミスに気付いてくれてたら、こんな事には」

「はあ？　山田が最初にミスしなければいい話だろ」

「そもそも依頼が細かすぎるのよ、もっとわかりやすくして欲しい！」

「今そんな事言って、どうにかなるのかよ」

同期というのもあり遠慮なく不満をぶつけ合う二人に対し、先輩として冷静になるよう声をかけるしかない菜月。

「はいはい、口より手動かそうね！　山田さんチェック終わったデータ送るから、それで作り直して。松野くんはその間にフォーマット準備を」

「さっきまでの女神が鬼に……」

「すみません、ありがとうございます」

言い争いを一旦やめた山田と松野は、険悪なムードを引きずるも指示通りの作業に取り掛かる。ひとまず作業を再開してくれた事に安堵した菜月は、その様子を無言で眺める。

後輩を指導して育てるのも楽じゃないけれど、自分も先輩方にこうして育ててもらった事を思うと、自然とできてくるもので。

いつか山田と松野も、後輩を持った時に今日の事を思い出す日がくるのかな、なんて考えていた時。

部署の扉が開いて、退社したはずの湊が姿を現した。

「わあ！　桜木さんだ～！」

「え、何で……」

湊の登場に、山田はテンションを上げるも菜月は困惑の表情で出迎える。

すると湊は、片手に持つ紙袋を見える高さまで持ち上げた。

「差し入れを買ってきました」

「それでわざわざ戻ってきたの？」

会社の目の前にあるカフェのロゴ入り紙袋を菜月が両手で受け取ると、中にはプラスチック容器に入ったカフェモカと、粉砂糖を塗したリングドーナツが人数分確認できた。

そこに作業していたはずの山田が、甘い匂いに釣られて飛びついてくる。

「わーい！　一旦休憩しましょ！　お腹空いてたんです〜！」

「そ、そうだね。せっかくだからちょっと休憩しようか」

ここで気分転換できた方が後々の仕事が捗る（はかどる）と思った菜月は、松野にも声をかけて差し入れをいただく事にした。

重苦しい空気が一気に軽くなったのを感じて、湊にさりげなくお礼を伝える。

「ありがとう、二人とも疲れていた様子だったから助かったわ……」

「いえ、できる事したかっただけですよ」

ごく自然に微笑みかけてくる湊を瞳に映すと、また助けられたと思っていた菜月は胸の奥が温かくなっていくのを感じて、ほんのり頬を染めてしまった。

そんな中、普段とは違う湊の優しい表情を目撃してしまった人物が、ここにもう一人。

「……桜木さん、もしかして」

「何ですか、山田さん」

「彼女できましたね？」

ドーナツを頬張りながら鋭い質問をした山田に、心臓が飛び出るくらいに驚いたのは、湊ではなく菜月の方だった。

「やや山田さん！　なんて事聞くの!?」

「いやぁ、前より雰囲気が柔らかくなったというか、丸くなった感じしたんですよ今」

「っ……」

「でも、なーんか引っかかる。なんだろう？」

首を傾げて考え込む山田に、菜月は言葉を失いながらも、その洞察力を今後は是非とも仕事に活かして欲しいと思った。

そして質問された当の本人はというと、見破られたにもかかわらず、動じる事なくポーカーフェイスでさらりと返答する。

「はい」

（……桜木くん）

何となく、あっさり認めるんだろうなと予想していた菜月は、これ以上湊の彼女話が膨らまないよう、業務に戻ることを促す。

「ねえ山田さん！　そろそろ仕事を再開し」

「ええ！　マジですか!?　誰ですか!?」

「……再開しま」

「社内？　社外？　年上？　年下？」

山田の質問攻めが止まらなくなり、松野も何だか興味津々な顔をしはじめて、おさまる気配が全くない。

すると湊は、妙案を思いついたような顔をして、山田との会話を続けた。

「すぐにわかると思うけど……」

「って事は社内なんですか!? 部署は!?」

「そうだな。あと一時間で仕事片付けられたら、教えてあげてもいいよ」

試すように微笑んだ湊の言葉に、案の定闘志に火がついた山田。

早々にドーナツを頬張りカフェモカで流し込むと、すぐに作業を再開した。

「松野、そっこーで終わらせるよ！」

「え？ わ、わかった……」

急に主導権を握った山田に戸惑いながら返事をした松野も、湊の彼女情報は気になるので真剣な顔をパソコンに向ける。

そうして辺りは静まり返り、高速のタイピング音が響き渡った。

「……はあ」

差し入れに続いて、今度は彼女の話。

後輩二人の、特に戦意喪失していた山田のやる気を存分に引き出してくれたのは感謝したいところだが。彼女の正体を餌にやる気を発揮させるという作戦はいかがなものかと思った菜月は、自席に座っている湊をジッと睨む。

しかし、そんな目線は痛くも痒くもない湊。その頭の中では、早く残業を終わらせて菜月を連れ去りたいという事しか考えていないのだから。

「よし、完璧！」

「やったー！」

湊の差し入れによる休憩を挟んでから、一時間半が経過した頃。菜月の最終チェックが問題なく通ると、山田と松野は笑顔でバンザイをした。

ミスが発覚した仕事は納期内に終わらせる事ができ、あとは山田が担当者宛に、メールで完了報告とデータの提出を残すのみとなる。

終電ギリギリを覚悟していたが、思ったよりも早く仕事が終わったのは恐らく。

「山田さんが本気出したおかげだね」

「ったく、普段からそれくらい真面目に仕事して欲しいですよ俺は」

山田の処理スピードの速さに驚きつつも感謝する菜月の隣で、松野は納得いかない顔で腕を組んでいる。

　しかしその山田は、浮かない顔をして眉根を寄せると、向かいに座る湊に声をかけた。

「でも桜木さんとの約束の、一時間は過ぎちゃいました……」

「残念だったね」

「くぅー！　彼女情報、欲しかったー！」

　悔しがる山田に対して、結局最後まで菜月達の残業に付き添った湊は余裕の笑みを浮かべていた。

　無事締め切りも守り、彼女として紹介される心配もなくなった菜月が、ふうと一息ついて帰り支度をはじめていると。

　いつの間にか湊が隣に立っていた。

「ど、どうしたの？」

「横井さんはもう帰れますよね？」

「え？　うん、今……」

　パソコンの電源を切ったら、と言いかけた菜月よりも早く、湊の指がその電源ボタンを押していた。

カチッ。

「あっ！　ちょっ！」

「山田さん松野くん、担当者にメール報告忘れずに」

「へ？　はい……」

菜月ではなく、何故か湊が指示してきた事に山田と松野が顔を上げてポカンとしていると。

待ちきれない様子の湊は、後輩達の目の前で役目を終えたばかりの菜月の手を握った。

「!?　さ、さく………!?」

「じゃあ帰ります、お疲れ様でした」

突然の事にパニックで口をぱくぱく開けるも声が出ない菜月は、強引な湊に手を引かれて二人仲良く部署フロアを退出。

そんな先輩方の後ろ姿を、驚きすぎて同じく声の出ない山田と松野が見送る。そして二人は扉が閉まった音で、ハッと意識を取り戻した。

「え!?　まさか横井さんが、桜木さんの彼女だったの!?」

「こんな身近に……全然気が付かなかった」

山田も松野も目の前で起こった出来事に興奮が抑えきれず、メール報告を後回しに会話をはじめる。

すると先ほど引っかかっていた事に気付いた山田が、まるで謎を解き明かした探偵のように顎に手を添えて頷いた。

「そうか、桜木さんがあんな顔を向けるのは、彼女である横井さんだけって事だったんだ」

「最近、すごく話しかけやすくなってきたけど、確かに残業中はいつもより笑顔が多かった気が……」

松野も何となく感じていた湊の変化を口にして、隣に座る山田と目を合わせると。何故か山田は、ニヤリと何かを企む怪しい笑みを浮かべていた。

「……山田、良からぬ事考えてるだろ」

「え？　え？　何も？」

「ビッグニュースとか言って、社内で言いふらそうとしてんな？」

湊の昔の画像を、悪気なくあっという間に拡散してしまう山田だから。自分の先輩である二人の社内恋愛は、みんなも知りたがるいいネタになるに違いないと考える。

そんな山田の思考をお見通しの松野は、どうして湊はわざわざそんな山田の前で菜月と手を繋いでしまったんだと不思議に思いつつ。

一向に手を動かさない山田を代行して、忘れないうちに完了メールを送信した。

第十四章　はじまりも今も

無人のエレベーターが到着し、残業を終えたばかりの菜月とそれに付き添った湊を乗せて、一階を目指し降下していく。

そこでやっと状況を飲み込んだ菜月が、小さく呟いた。

「……二人に絶対バレた、どうするのよ」

「特に山田さんは俺達の事、すぐに言いふらすでしょうね」

それをわかっていながら、あえて二人の前で菜月を連れ去るように退出した湊には、余裕すら感じられる。

別に悪い事をしている訳じゃない。むしろ他人から見れば、めでたい事かどうでもいい事なのかもしれない。

でもやはり、菜月には心の準備がまだまだ足りなくて。

「だって桜木くんとはデスクも近いし今後も一緒に仕事するのに、好奇の目で見られないか不安だよ……」

微かに頬を染めながら今の正直な気持ちを言葉にした時、繋がれた湊の手にギュッと力が込められた。

その熱に心臓が大きく波打った菜月が顔を上げると、何の不安も感じず寧ろ嬉しそうに微笑む湊がいた。

「俺は全社員に言って回りたいくらいですけどね、自慢の恋人だって」

「え!?」

「やっと想いが通じたせいか、あれからずっと舞い上がってるんですよ、俺……」

つまりは長年想い続けた菜月と、心も体もやっと通じ合った喜びが抑えきれないらしい。

少し照れながらも幸福感いっぱいの表情で言われてしまっては、自分が覚悟を決めるしかないと、菜月は湊の手を握り返した。

「わ、私も……」

「え？」

「幸せだなぁって。今日はずっと浮ついているの」

湊の一途で純粋な気持ちが嬉しくて、顔がニヤけそうになるのを耐えながら小さな声で答える。

その対応がまた愛らしくて、湊は熱を帯びた菜月の頬にそっと手を添えて自身の方を向かせると。エレベーターという密室をいい事に、愛情に満ちたキスを交わした。

「っ!?」

「昨日ぶりですね」

したり顔で囁き、名残惜しそうにもう一度口付けを試みようとした時。

寸前でピタリと止まって、湊は以前菜月に注意されていた事を思い出す。

「すっかり忘れていました」

「な、何を?」

「今度会社でこういう事したら〝クビ〟って」

初めてセックスした翌日の資料室で湊に無理矢理迫られた時、怒りに任せて権限のない事を口走った菜月の言葉だ。

そう、ここは会社であり仕事をする場所。

恋や愛が芽生える事はあっても、コンプライアンスを無視した過剰な触れ合いをして良いところではないと重々承知している。

しかし今の菜月は、心が〝したい〟と叫びおさまりがつかない。だから湊の両頬に手を添えると、ヒールを履いた足が背伸びをした。

その生意気な唇を自ら塞ぎにいくほどに、湊を愛おしく想っているから。


チン！

密室だったエレベーターが一階への到着を知らせると、お互いに顔を逸らす菜月と湊が頬を赤くして降りてきた。

ピタリと横に並んで歩く二人だが、無言のままエントランスを通って会社を出ると、ようやく菜月が口を開く。

「や、やっぱり会社では控えよう……」

「そう、ですね」

エレベーター内の出来事を振り返り、反省する二人。

菜月からの不意打ちのお返しキスにスイッチが入ってしまった湊は、それを更に激しく深いキスへと発展させる。そして体の芯がグッと熱くなるのがわかって、ここが今どんな場所でどんな状況かも忘れてしまいそうになるほど、夢中になった。

その時、エレベーターが二人へ警告するように到着音を鳴らした為、慌てて体を離したという訳だ。

(つい、ヒートアップしてしまった……)

放出し損ねた熱を体内に残したままの菜月は、夜風に当たりながら頭を冷やすも、自分の行為を思い出して赤面する。

朝からずっと意識がふわふわしていたし、あんなにも簡単にコンプライアンス違反をしてしまった。

こんな調子では、いつか仕事で大きなミスを起こしてしまいそう。

(それに、もう恵のことを否定できないわね……)

性に対しておおらかな彼女の気持ちが、今なら少しわかる気がした。

今まで仕事一筋だった反動なのか、一度外れた箍(たが)はどこかへ置き忘れてしまい、湊というかけがえのない存在を得て、溺れながらも満たされていく感覚。

いつも恵が活気に溢れ、人生を謳歌（おうか）しているように見えた理由は、そこにあったのかもしれない。そう思うと同時に、今は仕事と恋愛の切り替えが難しい自分の未熟さを痛感していた。

だから明日のランチは是非とも恵を誘って、湊と恋人関係になれた事の報告と、両立の秘訣を伝授してもらおうと考えていると。

冷静さを取り戻した湊が、思い出したように声をかけてきた。

「そういえば差し入れを買う前、エントランスで風間さんに会いました」

「えっ」

一瞬ドキリと顔色を変えた菜月は、メールを送った件を湊に打ち明けていない事に気付いて後ろめたさを感じるも、その悩みはすぐに解決する。

「メール、ちゃんと読んだみたいです」

「そ、そっか」

「そのうち返信くるかもしれませんね」

「そうだね。ありがとう」

今のところ、風間からのメール返信は届いていなかった。

しかし内容は読んでくれていたのだと、湊を通じて知る事ができた。その情報を得てホッとした菜月は、眉を下げて湊の顔を覗き込む。

「メールの事、言ってなくてごめんね」

「大丈夫ですよ、恋文じゃないんだから」

「あ、当たり前っ」

「それより……」

そう言って再び菜月の手を握った湊は、夜景をバックに不敵な笑みを浮かべていて、それがまたとてつもない色気を放つ。

菜月の視界にはもう湊しか見えていなくて、せっかく引いてきた熱がまた上昇しはじめた。

「このまま帰宅しますか？　それとも」

「そ、それとも？」

「ゆっくりできるところ、行きますか？」

それはつまり、エレベーター内での行為の続きをしませんか？というお誘いで、意味を理解した菜月は言葉を詰まらせる。

休日が明けて仕事がはじまり、残業を終えたばかりの今。

このまま駅に向かえば、帰りの電車本数はまだまだ多い時間だ。そして真っ直ぐ帰宅して体力を温存する方が、残りの平日を無理なく過ごせるし万全な態勢で仕事に取り組むことができる。

しかし、そう頭ではわかっていても、菜月はすぐに返事をできずにいた。

それは、湊の言動一つ一つで体に蓄積される欲と熱を、このまま持ち帰るなんて耐えられるはずがないと理解していたから。

「……もう少し、一緒にいたい」

「俺もです」

「じゃあ、続き、してくれる？」

ねだるような言葉に目眩を起こしかけた湊は、繋いだ手を優しく引いて歩きはじめた。もちろん、湊も菜月と同じ気持ちであったから。

そして歩みを進める方向は、二人もよく知っている。

初めて体を重ねた日、こうして手を引かれながらホテルに向かって歩いたのと同じ道。

あの時は掴まれた手首が少し痛くて、小走りしながら湊の後をついていくしかなかったのに。

今は歩幅を合わせて、手の温もりを直に感じながら隣を並んで歩いている。

「月曜から何やってるんですかね、俺達」

「本当だね、全く……」

「お互いの為にも、早急に同棲(どうせい)を考えましょう」

「え!?　そ、それはまだ早」

「そうすれば、菜月さんが寝落ちしても安心だし」

「……確かに。いや待って、それはじっくり話し合ってから！」

仕事を終えた人々が群れを成し、足早に駅の方面へと向かう中。

その流れに逆らうようにホテルを目指して歩く菜月と湊は、互いに早く愛し合いたいという望みしか頭になくて。

明日も仕事だというのに、目の前の恋人に夢中になる事をどうしても止められない二人は、逸る気持ちも鼓動もどんどん加速していくばかり。

たくさんのキスを交わして、愛してると囁いて、体を重ねても。

再び求め合ってしまうのは、どうしてだろう。

これが本物の恋愛というもの？

だとしたら、もう抜け出すことは不可能だ。

はじまりも今も何ら変わらない。

〝どうかしている〟二人のまま、宝石のような光が鏤められた夜の街中へと姿を消した。

fin.

あとがき

初めまして、森田あひると申します。この度は数ある文庫本の中から『はじまりはクレイジー　隠れイケメン後輩の一途な執愛から逃げられません』をお手に取っていただき、ここまで読んでくださって本当にありがとうございました。読者様に少しでもキュンをお届けできたら、とても嬉しい限りです。

湊のような隠れイケメン後輩を、そして菜月のような仕事に一生懸命で恋愛する余裕がない女性を書きたくて生まれたのがこの作品でした。サブキャラにもそれぞれ思い入れはあるのですが、私は特に後輩の山田と松野コンビが結構お気に入りだったりします。苦労人松野、よきかな笑。作中のキャラ達、色々な出来事もありましたが皆様に愛されたら良いなぁと願っております。

この作品は、小説投稿サイト「魔法のｉらんど」内で開催された『第1回恋愛創作コンテスト』プティルノベルス＆コミックス部門にて大賞をいただき書籍化＆コミカライズの運びとなりました。執筆のいろはも知らない私が「いつか書籍化できたら……」という淡い夢を抱きつつ小説投稿をはじめて一年、この度こうして作家デビューさせていただくことになりました。人生何が起こるか本当にわからないですね。

改稿作業や書籍に向けての段取り等、一から学ばせていただきました。そんな中で色々とご配慮いただきながら、たくさんの方々が丁寧にご指導くださり本当に感謝でいっぱいです。

最後になりましたが、編集部の皆様、いつもご丁寧に連絡くださった大石様、作品に寄り添い共に編集作業してくださった宮﨑様、カバーイラストと漫画でキャラクターを表現してくださった冴島（さえじま）先生、コミカライズ編集担当の紀様、この作品に携わってくださった全ての方々にお礼申し上げます。

そしてウェブ投稿時からこの作品を応援してくださり、温かいコメントをくださった読者の皆様。初めてこの本を手に取り貴重なお時間を使って読んでくださった読者の皆様、本当にありがとうございます。大好きです。

また皆様に作品をお届けできるよう、これからも精進してまいります。

森田あひる

はじまりはクレイジー
隠れイケメン後輩の一途な執愛から逃げられません

2023年7月27日　第1刷発行

著者　森田あひる　©AHIRU MORITA 2023
発行人　鈴木幸辰
発行所　株式会社ハーパーコリンズ・ジャパン
東京都千代田区大手町1-5-1
電話　03-6269-2883（営業）
0570-008091（読者サービス係）
印刷・製本　中央精版印刷株式会社

Printed in Japan K.K. HarperCollins Japan 2023
ISBN978-4-596-52194-1

本作品は、2022年に魔法のｉらんどで実施された「第1回恋愛創作コンテスト プティルノベルス＆コミックス部門」にて大賞を受賞した『はじまりはクレイジー』に大幅に加筆・修正を加え改題したものです。